ALFRED HITCHCOCK

Tiempo muerto

AGATA

Título Original: *Murderer's Row*
Traducción del inglés:
cedida por Susaeta Ediciones, S.A.

Tiempo muerto

C/ San Rafael, 4
Polígono Industrial de Alcobendas
28100 Alcobendas (Madrid)
Tel.: (91) 657 25 80
Fax: (91) 657 25 83

ISBN: 84-8238-155-5
Depósito Legal: M. 17.971-1997

Impreso en España/*Printed in Spain*

INTRODUCCIÓN DE ALFRED HITCHCOCK

Yo quisiera saber si no estamos llevando al extremo la verdad, que normalmente es algo bueno. Formulo esta duda porque últimamente me ha llamado la atención una cosa denominada «La Verdad de los Préstamos». A mi entender, las personas que nos conceden dinero a crédito están obligadas ahora a decirnos, sin andarse con rodeos, exactamente cuánto nos cobran por aprovecharnos del privilegio de pedirles un capital prestado.

Supongo que esto, en teoría, ha de considerarse bueno. Según un viejo dicho, «la verdad jamás perjudica a nadie». Pero, examinémoslo más detenidamente: ¿qué pasará cuando nos demos cuenta de lo que hemos estado pagando de intereses? Si tenemos sentido común, en el momento en que superemos la desesperación en que nos hayamos hundido, seguro que dejaremos de comprar a plazos. Pero ¿se ha advertido alguna vez a un joven soltero que anhela un coche deportivo, o a un padre de familia que necesita ampliar su casa, que el sentido común les puede engañar a la hora de pedir dinero?

Me temo que la consecuencia real de «La Verdad de los Préstamos» es un torrente de depresiones nerviosas. No dejaremos de pedir dinero prestado. Sencillamente, nos daremos cuenta de lo tonto y ridículo que es hacerlo, puesto que, a la larga, es posible que paguemos el doble por lo que hemos comprado. Hace años, pensábamos que tratar con prestamistas podía considerarse algo astuto, incluso, hasta cierto punto, patriótico. Creíamos que manteníamos la economía en movimiento. Sin embargo, hoy es más que probable que la verdad nos destruya. Nos daremos cuenta no sólo de que hemos sido tontos durante todo este tiempo, sino también de que nos encontramos, como ya sabemos, demasiado indecisos para romper la costumbre en ciertos aspectos de la vida.

No me sorprendería tener, en un futuro próximo, noticias de un movimiento a favor de «La Verdad de la Publicidad». Madison Avenue siempre ha sido el blanco favorito de los reformistas. Y sin duda, tarde o temprano, conseguirán su objetivo, con el resultado de que veremos anuncios en la televisión similares a éste: «Señora, este perfume excesivamente caro no le quitará centímetros de las caderas, ni le proporcionará un nuevo peinado, ni hará que salga más favorecida en las fotografías. Como mucho, conseguirá que huela un poco rara, igual que una ciénaga irlandesa». También algo así: «Hombre, este elegante automóvil no le quitará veinte años cuando se encuentre al volante del mismo. Pero probablemente le precipitará hacia su primer infarto, sobre todo en el momento en que, una semana después de comprarlo, el motor se estropee y se vea obligado a devolverlo a la fábrica para que lo arreglen». Yo les pregunto, sin embargo: ¿es esto lo que queremos oír? ¿O preferiríamos que nos engañasen con fantasías, como ocurre en la actualidad?

Debemos reconocerlo: una vez que se establezca la verdad, será imposible frenarla. Nos encontraremos intentando enfrentarnos con hechos similares a éstos:

«La Verdad del Cortejo.» Nuestro héroe, podemos llamarle Harold, al haberle pedido la mano a Gwendolyn, nuestra heroína, recibirá como respuesta una pregunta. Ella querrá saber si Harold la amará en el futuro como le demuestra en el presente. Entonces él se verá obligado a contestar:

—No es probable. El macho mezquino tiende a aburrirse de su pareja al cabo de un tiempo. No cabe duda de que yo llegaré a un punto, alrededor de los cuarenta, en que me dé asco lo que tú cocinas; y no soporte tu conversación llena de tópicos; y además, cuando hayas engordado tanto como tu madre, me estremeceré al verte en camisón...

Es preciso luchar contra este tipo de verdad, debido a que es muy poco probable que Harold y Gwendolyn lleguen al altar.

O «La Verdad en Medicina». Acudimos al médico porque creemos subconscientemente que practica una magia capaz de curarnos de todos nuestros males. ¿Cómo nos sentiríamos cuando, obedeciendo al nuevo sistema, el doctor nos recetase unas píldoras y nos informase de los resultados que vamos a obtener?

—Me gustaría ayudarle —nos dirá—; sin embargo, sus persistentes dolores de cabeza pueden ser un síntoma de mil dolencias distintas; y si le hiciera a usted todos los análisis para averiguar la causa, tenga la seguridad de que se habría hecho tan viejo que resultaría inútil salvarle.

Cuánto mejor escuchar un diagnóstico falso y recibir una píldora de azúcar, que por lo menos nos quitará el dolor de cabeza temporalmente.

«La Verdad en Política» sería, me imagino, la que más daño nos haría. Pronto descubriríamos que entre nosotros no hay ni un hombre honesto. Como consecuencia, tendríamos que conformarnos con confesados sinvergüenzas cumpliendo el papel de líderes, o prescindir de éstos. Claro que, sin ellos, probablemente llegaría el fin de la civilización tal como la entendemos.

Por suerte, todavía no debemos soportar toda la verdad. Existe suficiente ficción de la que echar mano. Por ejemplo, los cuentos siguientes. Y yo me atrevo a decir que la situación es ventajosa para nosotros, gracias a que, sin duda, ustedes se hallan aquí para entretenerse. Concluiré citando otro viejo dicho: «La Fantasía o la Ficción literaria siempre es más insólita que la Verdad o la Realidad».

Tiempo muerto

Dinero llama dinero

Douglas Farr

Arthur Strand era una de esas personas que sirven para dar validez a la máxima de que los asesinos no nacen sino que se hacen, por circunstancias nada fortuitas. Tal es el caso de Arthur Strand, cuya tentación, completamente irresistible, de cometer un simple acto de asesinato le transformaría de un mendigo en un auténtico millonario.

No cabe duda de que era un pordiosero desde el principio. Aquel día de primavera en que llegó a la ciudad, lo hizo como pasajero, sin billete, del Ferrocarril Central de Nueva York, en uno de esos trenes que no han sido diseñados para el transporte humano sino para el del ganado. Descendió de un salto bastante antes de llegar a las líneas principales, para no toparse con ningún empleado ferroviario. Y se fue caminando el resto del recorrido, cansado, cubierto de polvo y con la barba crecida. Cuando llegó a la ciudad, apenas tenía dinero para comer, dormir una noche en uno de los hoteles más económicos y afeitarse al día siguiente. Por la mañana fue a ver a Sidney.

Sidney y Arthur eran primos hermanos. No se habían visto durante diez años, desde poco después de acabar la guerra. En aquella época fueron muy amigos, pero se separaron debido a sus diferentes ambiciones. Sidney prefirió el Este y ganarse la vida usando su cerebro; Arthur, en cambio, pensó que se podría lograr una vida más plena en los espacios abiertos del Oeste. Cierto que éstos no resultaron ser demasiado acogedores. Y en aquel momento Arthur venía de regreso, diez años después, vencido por su mala estrella y preguntándose si la suerte de su primo habría sido mejor que la suya.

Tuvo la respuesta al comprobar que aquél vivía en un lujoso apartamento con terraza. Por cierto, el portero uniformado que cuidaba la entrada, al echar un vistazo a las harapientas ropas de Arthur, le negó la entrada. Pero, finalmente, una llamada telefónica sirvió para establecer la identidad del recién llegado. Le subieron en un ascensor y, cuando la máquina llegó al final de su ruta, se abrió una puerta y allí estaba Sidney.

Una sola mirada bastó para que ambos conocieran las sendas de sus vidas. Desde las polvorientas botas vaqueras hasta el estropeado sombrero Stetson, pasando por su figura de muerto de hambre, Arthur era el vivo retrato de un fracaso. Pero la tez de Sidney, de un sano tono rosa, y su papada, además del cinturón de seda que cerraba el lujoso batín y que también servía para sujetar su incipiente barriguita, revelaban el triunfo. Y la mano que extendió para coger la de Arthur, tan quemada y endurecida, era blanca y suave, con las uñas muy cuidadas.

–¡Arthur! ¡Qué agradable sorpresa!

–Hola, Sidney.

Con el brazo de su primo rodeándole la espalda, el vagabundo penetró en un ámbito magnífico que jamás había disfrutado. Sus botas se hundieron hasta los tobillos en la mullida alfombra. Los ojos se le quedaron ofuscados por el esplendor oriental de los colores. Y su sentido del tacto se reavivó al notar la increíble blandura del sofá donde Sidney, con delicadeza, le invitó a sentarse.

–Bueno, Arthur, muchacho, ¡ha pasado mucho tiempo!

–Poco más de diez años.

–¿Y cómo te ha ido?

–Nada bien, Sidney. Y veo que yo no necesito hacerte esa pregunta. Con sólo mirar este lugar, ya sé cómo te ha ido a ti. ¿Cuál es el secreto?

–¿El de mi éxito? Todo se halla aquí arriba, Arthur, muchachito –dijo Sidney tocándose la frente con un dedo regordete–. Tengo dos cosas, muchacho: sesos e instinto. He estado desafiando al juego de azar más grande de todos los tiempos. Y he disfrutado una racha de verdadera suerte. La Bolsa, muchachito Arthur, la Bolsa: ¡ése es mi secreto!

Durante unos instantes, el vagabundo se quedó muy confuso. Allí de donde él venía, las bolsas tenían otros usos, servían para otras cosas. Pero presintió que Sidney no se refería al tipo que él conocía.

—Arthur, muchacho, ¿sabes algo sobre el mercado?

El aludido sacudió la cabeza.

—Son hojas de papel, muchacho. Mejor que el dinero. Acciones en Estados Unidos. Norteamérica se halla en el camino de un futuro dorado. Yo tengo acciones de ese futuro, muchacho. Sólo que debes saber cuándo y cuáles hay que comprar y vender. Y yo poseo el secreto. Dispongo de mi bola de cristal aquí arriba —exclamó tocándose de nuevo la frente—. Cuando yo vendo, la cosa baja; y si compro, sube. ¿Comprendes?

Arthur asintió con la cabeza, aunque en realidad no entendía nada. Lo único que sabía, en aquellos primeros momentos, era que él se merecía el calificativo de pobre, mientras que Sidney debía ser considerado rico. Y su primera reacción ante este conocimiento fue que había algo terriblemente injusto en todo aquello.

Arthur no se quedó en el apartamento para vivir con su primo. No eran tan compatibles, y aquel tipo de convivencia tan estrecha no les hubiera cuadrado a ninguno de los dos. Pero sí permaneció en la ciudad, en el hotel más barato que encontró. Y subsistió completamente gracias a las dádivas de Sidney.

Además, de esta forma, el mendigo tenía una función que cumplir. Y se puede decir que se ganaba así la vida. Dos o tres veces a la semana, subía al apartamento de Sidney y esperaba a que llegara el momento adecuado. Éste siempre surgía cuando su primo contaba con una audiencia, ya fuera uno de sus abogados o algún socio de los negocios o la Bolsa; aunque sólo estuviera el mozo que le atendía.

A Sidney le gustaba que alguien más notara su caridad, aparte del que la recibía. Desenfundaba el grueso rollo de billetes, que siempre llevaba en el bolsillo, y sacaba uno de cinco, de diez o de veinte, según la ocasión y la frecuencia de las visitas de Arthur.

—Te veo demasiado delgado, primo —decía—. Invierte esto en un buen filete.

O también:

—Ve a comprarte un traje nuevo, Arthur, muchacho, que ya te asoman los codos.

—Vaquero, sal a cortarte el cabello o a comprarte un violín. Sea lo que sea, lo necesitas de verdad.

Arthur se unía obedientemente a las risotadas, si venían al caso. Y siempre, jamás lo olvidaba, expresaba su humilde agradecimiento para, luego, regresar de inmediato a su propio mundo, después de permitir que los presentes fueran testigos vivos de la generosidad de Sidney.

Acaso debía estar verdaderamente agradecido por subsistir gracias al dinero de su primo, pues no conocía ningún oficio, o alguna habilidad que le permitiese obtener un empleo en la gran ciudad. Así que no le quedaba nadie más que Sidney. Pero la forma que éste tenía de ayudarle le ardía más que la urticaria, debido a que Arthur poseía un orgullo más grande que su pobreza. No quería limosnas. Deseaba que las cosas funcionaran como una operación de negocios.

Un día que encontró solo a su primo, le expuso el asunto, aprovechando la falta de público que atestiguara la entrega de uno de los billetes del gran fajo.

—Sidney —empezó a decir—, las cosas nunca me salieron bien en el oeste porque no dispuse de capital. Pero yo sé cómo hacer buenos trabajos. Conozco de ganado tanto como tú de negocios. No quiero limosnas. Pensaba más bien en una sociedad. Para un rancho, quiero decir. Tú pones el dinero, y yo el conocimiento y el esfuerzo. Nos podría ir bien.

Sidney mojó un gran puro negro con la lengua y después lo encendió, pero permaneció callado.

—No sería un rancho muy grande —continuó Arthur—. Un terreno mediano. No necesitaríamos tanto.

—¿Cuánto? —preguntó Sidney con cautela.

—Bueno, para obtener las suficientes hectáreas, el ganado de cría y un poco de maquinaria, quizá veinte mil.

—¡Veinte mil! —explotó el primo rico—. Eso es mucho dinero.

–No para ti, Sidney.

–Mira, Arthur, muchacho, siéntate y permíteme que te explique.

Se acomodaron en el sofá de cojines de aire.

–Déjame que te diga cómo llevo yo mis negocios. No funciono exclusivamente con dinero al contado. Compro a crédito. Es decir, que parte del capital es mío, y la otra es prestada. Así puedo actuar a mayor escala. Pero siempre tengo que disponer de bastante cantidad de dinero mío, ¿comprendes? Mira, digamos que pongo veinte mil para tu rancho. ¿Cuánto podría yo ganar?

Arthur intentó quedar bien:

–Te podría conseguir tres o cuatro mil al año, Sidney.

–¡Eso no es nada! Con mi manera de hacer negocios, Arthur, muchachito, mis veinte mil podrían proporcionar cien mil en un solo mes. ¿Ves cómo están las cosas, amiguito? Cuanto más dinero maneje, mayores beneficios podré obtener. No me puedo permitir el lujo de invertir en una cosa tan poco rentable como un rancho.

El primo pobre entendió cómo eran los negocios. No iba a conseguir ese dinero.

–Pero te diré lo que puedo hacer, Arthur, muchacho. Te voy a conceder algo que mantenga vivas tus esperanzas. Nosotros no tenemos más parientes. Así que vas a ser el beneficiario de mi testamento. Cuando yo muera, tú podrás obtener mi dinero y comprarte todo el estado de Montana. O Tejas, quizá.

Era el tipo de grandilocuencia que le gustaba a Sidney: vulgar pero impresionante. Al día siguiente mandó llamar a los abogados y todo quedó perfectamente legalizado. Hubo que llenar varias hojas grandes de papel, para que el testamento quedara adecuadamente registrado.

–Has de saber, Arthur, muchacho, que en estos momentos valgo más de medio millón de dólares. Y apenas he empezado.

Arthur archivó esa cifra en su cabeza y consiguió veinte dólares al contado. Y durante mucho tiempo soñó con el medio millón. La tierra que él quería se podría obtener por diez o doce dólares el acre. ¡Eso significaba que sería el propietario de un rancho de entre cuarenta y cincuenta mil acres de extensión!

Se lo imaginó. Se vio a sí mismo sobre un brioso corcel en medio del rancho, haciéndose sombra con la mano bajo el candente sol del oeste, para contemplar sus tierras, que se extendían hasta donde alcanzaba la vista.

Pero Sidney apenas tenía cuarenta años y estaba muy sano.

Realmente, Arthur Strand no tramó la idea de asesinar a su primo hasta que el medio para llevar a cabo el asunto se le presentó por sí mismo.

Un día en que acudió al apartamento, Sidney no estaba y decidió esperarle. Deambuló hasta la terraza y se apoyó en el barandal de hierro para disfrutar del sol del verano y de la vista de la ciudad que yacía a sus pies.

En aquel momento recibió uno de los mayores sustos de su vida. El barandal cedió ante su peso. No mucho, algo menos de veinte milímetros, pero lo suficiente como para aterrorizarle y casi hacerle perder el equilibrio. Y luego, al percatarse de que su mente inconsciente había estado imaginando la caída, sintió cómo el sudor corría por su rostro, una exudación fría a pesar del ardiente sol.

De hecho, no corrió el riesgo de caer; eso pensó a los pocos minutos. Al agacharse para examinar el barandal, vio que se había oxidado un tornillo, pero la sección del barandal que unía todavía se hallaba prácticamente intacta. Era algo que se debía reparar; sin embargo, probablemente soportaría el peso de hasta una docena de personas que se apoyaran en ella.

¿Y si no aguantase?

En ocasiones, el asesinato puede resultar muy sencillo. Arthur Strand no gozaba de un gran intelecto. Aunque lo hubiera intentado, jamás habría conseguido preparar un plan complicado. Pero se percató de inmediato de las posibilidades que ofrecía el barandal.

La buena vida a Sidney le había ablandado y engordado. Físicamente no era un rival para Arthur. Se le podría lanzar a través o por encima del barandal y, después, todo consistiría en estropear un tanto el mirador, quitando el tornillo oxidado o dejándolo torcido. Y así la caída parecería accidental.

Sin embargo, como heredero de Sidney, él sería el primer sospechoso. Claro que si, por ejemplo, un martes —cualquier martes, pues era el día libre del criado— subiera hasta el apartamento por las escaleras de servicio, evitando el ascensor, y encontrara solo a Sidney... bueno, seguro que lograría lanzarle al vacío sin que nadie se enterara de que él había ido a visitarle. Así que lo único que le quedaba por hacer era esperar el día adecuado.

De hecho, cabía la posibilidad de empezar a intentarlo a la mañana siguiente.

Arthur se quedó sentado durante unos momentos, mirando fijamente el barandal. El sol calentaba allí arriba, a quince pisos de altura, y el aire era puro y limpio. Casi como en el oeste...

Dejó que su mente divagara a gusto. Iba en la silla de montar y el caballo se movía rítmicamente, de forma casi hipnotizante. Sus pulmones se llenaban con la buena atmósfera. Y alrededor suyo se extendían sus amplios acres: un mar verde y tranquilo, que se alargaba muchos kilómetros al frente hasta alcanzar los picos azules. ¡Cuarenta o cincuenta mil acres!

—¡Epa, vaquero!

Bruscamente despertado de su sueño, se dio la vuelta y vio a Sidney de pie ante él. Su primo, sonriente y rico, gordo e indefenso. Se estaba frotando sus regordetas manos como un avaro que disfruta viendo su oro.

—Arthur, muchacho, ¡estoy de suerte!

—¿Y cómo es eso, primo?

—Ya tengo mi cuña en Consolidated Copper. Y ahora empiezo a apretar las tuercas. ¿Sabes lo que quiero decir?

El primo pobre sacudió la cabeza.

—Han quedado bajo mi control prácticamente todas las acciones de esa compañía. Está subiendo la cotización del mineral de cobre, y Consolidated acaba de encontrar un gran yacimiento. Algunos de los muchachotes a quienes les compré las acciones, ahora quieren recuperarlas. Voy a iniciar maniobras para subir su precio. Un pequeño aumento cada día, mientras persista el interés. Cuando llegue a lo que yo considere que es la cima, descargaré y a ellos se les puede caer el tinglado por todo lo que a mí me importa.

—¿Quieres decir que estás ganando dinero, Sidney?

—¡A manos llenas, muchacho! Pero es un asunto difícil. Tienes que contar con el don, como yo. Hay que cuidarlo cada minuto.

—¿Precisa de tu atención personal, Sidney?

—Sin la menor duda. En este negocio me estoy enfrentando a verdaderos criminales. Pero, si las cosas salen bien, muchacho, en un par de semanas habré doblado mi fortuna.

—¿Estás insinuando que valdrás un millón de dólares, Sidney?

—¡Que no te quepa la menor duda, Arthur, muchachito! ¡Ochenta o cien mil acres!

A Arthur le gustaban los grandes espacios abiertos, y cuanto más grandes, mejor. Así que aquel martes no trató de lanzar a Sidney por el balcón. Podía permitirse el lujo de esperar. Como ya había previsto, cualquier martes serviría.

Según avanzaba el verano, la suerte de Sidney continuó siendo increíblemente buena. Su fortuna creció y, mientras lo hacía, también se agrandaba la hipotética granja de su primo.

El asunto de Consolidated Copper funcionó exactamente como había sido planeado. Cuando Sidney cobró sus dividendos, ya era, simplemente, millonario. Pero, antes de que llegara al otro martes, se hallaba metido hasta el cuello en Zenith Zinc.

Como le explicó a Arthur, Sidney se había embarcado, a todo riesgo, con su propio dinero y una montaña de capitales prestados. Se fió de cierta información y de una corazonada. En tres semanas volvería a doblar el dinero.

¡Dos millones! ¡Doscientos mil acres!

Para entonces, los sueños del primo pobre eran tan grandes como los del primo rico. Aquél no tenía ni la menor idea de lo que realmente eran doscientos mil acres. Trató de reducirlos a millas cuadradas, pero las matemáticas se complicaban demasiado para él. Claro que sabía una cosa: era mucha tierra. En ella podría montarse a un caballo cualquier mañana en un extremo del terreno, para cabalgar durante todo el día, y todavía estaría dentro de sus propiedades.

Un martes del mes de julio, visitó a Sidney y le encontró solo. Estaba sentado frente a su escritorio, anotando cifras en grandes pliegos de papel.

–¿Estás ganando dinero hoy, Sidney? –le preguntó.

–Hago dinero todos los días –contestó el primo rico.

–¿No te cansas nunca de amasarlo, Sidney? Después de todo, ya tienes dos millones de dólares. ¿No te basta?

–A un hombre jamás le basta. A ti te gustaría comprar un rancho, según decías, Arthur, muchacho. ¿De qué tamaño?

–Epa, no lo sé. Cuanto más grande, mejor.

–Correcto, Arthur, muchacho; hay que ser los primeros de la clase. «Cuanto más grande, mejor», eso mismo digo yo. ¿Por qué voy a dejarlo cuando estoy ganando? Si alguna vez llega el día en que cambie mi suerte, será el momento de retirarme.

Para Arthur aquello fue decisivo. Mientras Sidney siguiera haciendo dinero, ¿para qué pararlo? ¿Por qué no esperar hasta que hubiera ganado todo lo que pudiera? Lo mejor era mantenerse alerta hasta que la gallina dejara de poner huevos de oro.

Así que el primo pobre volvió a posponerlo. Era el heredero de una fortuna, que obtendría casi cualquier martes que escogiera. Pero se quedó, como un avaro, en su hotel barato, llevando ropas miserables y comiendo en ínfimos restaurantes, mientras el dinero se iba acumulando y aumentaban los acres.

El ferrocarril M y M... La corporación de acero Matchless... Agosto... Fusiones... Asociaciones... División de acciones... Dividendos extraordinarios... La naviera Anchor... Western Telephone... El petróleo de Trans-Texas... Septiembre... Agentes de bolsa... Créditos...

Pero, en aquel martes de finales de octubre, los sucesos parecieron confabularse para el fatídico desenlace. En primer lugar, Arthur Strand asistió a una sesión de cine matutina, y la película era de vaqueros. Al ver los caballos, los hombres con sombreros de ala ancha, las manadas de reses, los arbustos del desierto, sintió una gran nostalgia.

Casi totalmente decidido, se dirigió al edificio de Sidney, subió corriendo las escaleras de servicio sin que nadie le viera, y le encontró solo en casa.

Pero había cambiado, sutil pero profundamente. Y no para mejor.

—Supongo que vienes buscando otra limosna —gruñó en cuanto entró su pariente pobre—. ¿Qué te pasa, crees que estoy hecho de dinero?

Hasta se había despojado de su batín de seda; pero quizá se debía al excesivo calor de la tarde. Lo que no quedaba claro era el porqué de su actitud displicente, del brillo furtivo de su mirada y del temblor de sus manos. La botella de whisky vacía y el cenicero lleno de colillas, que tenía a un lado, tampoco eran buenos indicios.

—¿Qué sucede, Sidney? —preguntó Arthur con auténtica preocupación.

—No lo sé... ¡Es absurdo! —Se paseaba de un lado a otro con una agilidad extraordinaria para un hombre tan gordo—. Es que lo ignoro... Quizá se me ha acabado la suerte.

—¿Estás perdiendo dinero? —preguntó el primo pobre, ante la terrible visión de los acres que escapaban de su control.

—No exactamente —contestó Sidney—. Lo que pasa es que... Tú no puedes entenderlo, Arthur.

Sidney detuvo su alocado paseo y se pasó un pañuelo, que ya estaba empapado, por la cara.

Arthur hizo su sugerencia con tanta calma y naturalidad como si se tratara de algo inocente.

—¿Por qué no salimos a la terraza, Sidney? Te vendría bien respirar aire fresco.

El primo rico permitió que Arthur medio le condujera, casi empujándole al exterior. Se dirigieron hasta el barandal y, luego, permanecieron allí observando la ciudad.

–¡Qué alto estamos aquí! –comentó Sidney.

–Ajá.

–Y yo también me encuentro en las alturas. Hoy mismo debo de valer diez millones de pavos.

¡Un millón de acres!

–Pero presiento que no voy a ser más rico.

Un millón de acres era suficiente.

–Es una sensación extraña, Arthur. Como si mi vida se hubiera acabado.

«Le haré un gran favor», pensó el primo pobre. Aquél sería infeliz si tuviera que seguir viviendo. Esta caritativa actitud le dio a Arthur el valor para afrontar lo que tenía que hacer.

Sidney no miraba, ni prestaba atención a su acompañante. Se hallaba inmerso en sus propias meditaciones. Arthur dio un paso atrás y se concedió una pausa para calcular la distancia y el blanco. Luego se lanzó hacia adelante con las manos extendidas...

Sidney recibió el golpe a la altura de los hombros. Y al estrellarse con la cintura, el barandal pareció por un momento que lo aguantaría. Pero luego cedió un poco, como un muelle. Y cayó de cabeza, desapareciendo de la vista de su asesino.

Arthur no escuchó ruido alguno, ni siquiera el grito que había esperado. Como esto no sucedió, esperó oír el sonido del impacto contra el suelo. Le pareció que se retrasaba mucho tiempo; pero no llegó a percibirlo, cosa que le puso nervioso. El cuerpo ya debía de haber golpeado la acera; sin embargo, no se atrevió a asomarse para comprobarlo. La gente se estaría acercando, y mirarían hacia arriba para ver de dónde había caído. En cambio, se puso a examinar el barandal.

«Parece que se ha doblado un poco», pensó. Bastaría con aquello. No había necesidad de tocarlo. Podría causar sospechas. De repente, le entraron las prisas por abandonar el edificio.

Pero, cuando atravesaba el salón para salir, sonó el teléfono. Fue otro suceso inesperado. Y en el negocio de los asesinatos Arthur carecía de habilidad para la improvisación. ¿Debería contestar o no? Finalmente descolgó el auricular; sin embargo, no dijo nada, ya que recordó que su voz no se parecía a la de su primo.

–¡Hola, hola!... ¿Eres tú, Sidney?

Arthur masculló algo. Y, paralizado de miedo, escuchó, dándose cuenta de que había cometido un error.

–Sidney, está volviendo a bajar Trans-Texas. Esta vez hasta el fondo. Es una verdadera caída, Sidney. American Alloy también baja. Todo el mercado, Sidney. ¿Qué voy a hacer? ¿Puedes poner algún crédito? Sidney, tienes que decirme lo que debo hacer. Acaso a ti se te ocurra cómo salir de esto. ¡Te necesitamos, Sidney, muchacho, te necesitamos...!

Abandonándose al pánico, Arthur soltó el teléfono y lo dejó colgando del cable. En la distancia todavía escuchó las palabras.

–Sidney, tienes que hacer algo. Tú...

Arthur huyó. Pero recordó que nadie debía verle dentro del edificio. Descendió corriendo por las escaleras de servicio y salió por la puerta trasera. Nadie se percató de su presencia porque todos estaban enfrente, delante del cadáver.

En un sentido estricto, legal, Arthur Strand jamás fue castigado por su crimen. La muerte de Sidney no fue considerada un accidente como su primo pobre había planeado, sino más bien como un suicidio. En el periódico de la mañana siguiente, Arthur encontró todas las explicaciones, aunque le llevó años y cierta perspectiva histórica entender lo que había ocurrido.

«Financiero que se suicida», se leía en un titular que hacía referencia a la muerte de Sidney Strand.

«Cae la bolsa», indicaban los titulares grandes y con más tinta negra. La fecha, claro está, era: miércoles, 30 de octubre de 1929.

El martes 29 de octubre no había sido un día afortunado para asesinar a un hombre que invertía en la Bolsa con dinero prestado. Así que no es necesario decir que, a pesar de que nunca fue perseguido por su crimen, Arthur Strand tampoco pudo beneficiarse de su delito.

Término medio

William Brittain

–No me interesa saber cuánto tiempo llevas de sheriff. Debiste indagar más a fondo, preguntar algo más.

El capitán Horace Cavanagh, de la policía estatal de caminos, lanzó una furiosa mirada al hombre que estaba sentado a su lado en el interior del automóvil y luego giró apresuradamente el volante para evitar una vaca que pacía al borde de la carretera. Desde luego, Andy Bleekerman no tenía, en absoluto, pinta de sheriff. Su descolorida camisa a cuadros mostraba manchas de sudor bajo las axilas y en la espalda, y en las vueltas del arrugado pantalón había briznas de grama y semillas. Semillas, eso era. Bleekerman parecía una semilla.

En el asunto del robo Vogler también actuó como un palurdo. Ya iba siendo hora de que el viejo aprendiese a funcionar como lo hacía un verdadero policía o de que le mandaran a la dehesa, para que su lugar lo ocupase alguien más joven.

–¿Qué es lo que te preocupa? –preguntó Bleekerman con voz cascada–. Capturaste al hombre que lo hizo. ¿No es así?

–De ahora en adelante me llamarás capitán Cavanagh –fue la tensa respuesta–. Sí, apresamos al tipo. Uno de mis muchachos descubrió el automóvil hace una hora. Trajimos al conductor al cuartel. El tipo todavía llevaba encima los trescientos dólares. Tenía hasta el billete que Vogler había indicado que estaba pegado con cinta adhesiva.

–Bueno, entonces, ¿cuál es el problema? Yo obtuve el número de la matrícula del mismo Vogler, ¿no es cierto? Y te mencioné lo del billete pegado, ¿no? En ningún sitio se considera mal un lapso de tiempo de tres horas entre el crimen y la captura.

—Sí, claro, pero... —Cavanagh movió la cabeza exasperado—. Mira, Andy, suponte que el coche se nos hubiera escurrido. ¿O qué hubiéramos hecho si al hombre se le ocurre abandonar el coche y seguir a pie? En tal caso, tendríamos que haber dependido de la descripción física, ¿no es verdad?

—Supongo que sí —contestó Bleekerman.

—¿Y qué tipo de descripción obtuviste tú de este tipo por parte de Vogler?

Cavanagh tomó del asiento un informe impreso rellenado a máquina.

—Estatura media...

Leyó monótonamente, intercalando miradas del papel a la estrecha carretera, que serpenteaba a través de los campos de trigo amarillo y de las altas matas verdes de maíz.

—Peso medio. Color del cabello, normal. Señas particulares o peculiaridades, ninguna.

El capitán paró el coche al borde de la carretera, frenó y apagó el motor. Revolviéndose en el asiento, torció su cuerpo, de un metro ochenta y cinco de estatura y ciento diez kilos de peso, y le entregó a Bleekerman la hoja de papel.

—Léelo tú mismo —le ordenó—. Es tu informe.

—Horace... Capitán Cavanagh... Yo le entregué esa descripción junto con el número de la matrícula del coche, tal y como Heinrich Vogler me lo dio a mí. Ésos fueron mis pasos desde que se me encargó este caso.

—Mira, Andy... —dijo Cavanagh, sacudiendo la cabeza con enojo—. Ya te hablé sobre Durwald, el hombre que detuvimos.

Sus frases restallaban como si estuviera haciendo sonar un látigo.

—Estatura, metro ochenta y cinco; peso, ciento diez kilos; cargaba una panza que parecería que llevaba una pelota de baloncesto debajo de la camisa. Le comparé a una montaña cuando se detuvo frente a mi escritorio. Y para colmo llevaba una barba que le llegaba hasta la mitad del tórax. ¿Término medio? En el mundo no pueden existir más de doce tipos como éste.

–Yo simplemente te pasé lo que Vogler me dio –contestó Bleekerman.

–Sí, y por eso vamos a verlo de nuevo. Cosa que tú debiste haber hecho. Aquí hay algo sospechoso; es decir, un tipo con una pinta tan extraña como Durwald, ¿por qué diría Vogler que era normal?

El sheriff reflexionó sobre aquella pregunta en silencio, mientras Cavanagh volvía a encender el motor y regresaba a la carretera.

–¿Horace? –preguntó finalmente.

–Te dije que me llamaras... Bueno, ¿qué quieres?

–Si deseas regañarme por no haber interrogado suficientemente a Vogler, está bien. Supongo que me lo merezco. Pero yo no confiaría mucho en ese individuo. Ni tampoco en su hermano Adolph.

–¿Su hermano? No sabía que tuviera un hermano.

–Sí, Adolph y Heinrich son gemelos. Viven allá lejos, por Gurley's Hollow, los dos solitos. Se encargan de su granja, y no se meten en asuntos ajenos. No ven a muchos forasteros, especialmente a policías.

–De todas formas, te mandaron llamar, ¿no? ¿Para encontrar el dinero que habían perdido?

–Sí. Fue la primera vez en cinco años que tuve la ocasión de verles. No les atrae mucho la vida social. Se puede decir que solamente se tratan entre sí. Mira, el cartero había estado repartiendo correo en aquella ruta durante siete meses antes de saludarlos por primera vez. Y eso fue de lejos. Adolph estaba sobre el techo del granero, arreglando las tejas.

–Bueno, ¿y qué tiene esto que ver con la descripción de «término medio»?

–Bueno, mira, Heinrich y Adolph son extraños pero, en ciertos aspectos, resultan iguales a mucha gente de los alrededores. Pagan sus cuentas, se dedican a sus propios asuntos y no están acostumbrados a que se dude de sus palabras, ni siquiera la policía. A la velocidad que tú recorres las carreteras principales, no llegas a conocer a la gente como yo lo consigo.

–Si los Vogler quieren ser ermitaños y permanecer en

su granja hasta que se pudran, a mí no me importa –gritó Cavanagh–. Pero, cuando se trata de denunciar un robo, y vieron a la persona que lo cometió y vienen con una descripción como la que obtuviste, sí que me importa. Especialmente al comprobar que tú eres incapaz de llevar a cabo un interrogatorio correctamente.

Bleekerman se encogió de hombros.

–Su casa está a cinco kilómetros por ese camino de tierra –le informó–. Es la única del lugar.

Diez minutos después, el coche de policía llegó dando tumbos hasta el granero de los Vogler. Cavanagh se preguntó si no se habría roto algún muelle en los hoyos al pasar el coche por el camino de tierra.

–Eso conduce hasta el sótano del granero donde están los cajones de coles –dijo Bleekerman, bajando del automóvil y señalando con la cabeza una portezuela de madera muy gastada, que estaba empotrada en los cimientos del elevado edificio de color rojo–. Ya sea Adolph o Heinrich, tienen que estar ahí. O si no, arriba en el pajar.

Los dos hombres penetraron en el granero y corrieron las puertas tras ellos. El olor de la tierra y las hojas de col podridas pesaba en el aire. Sobre sus cabezas pudieron escuchar el ruido de pisadas.

–Heinrich, ¿eres tú? –llamó Bleekerman.

–¡*Ja*, es yo! –contestó una voz con fuerte acento alemán–: ¿Qué buscar de vuelta aquí, señor Bleekerman?

–He venido con el capitán Cavanagh. Es de la policía de caminos –comunicó el sheriff a grandes voces–. Capturó al hombre que te robó tu dinero. Le gustaría hablar contigo.

–¡Dinero de vuelta! Mucho bueno. Ahora yo alimentar caballos. Luego bajar. Ustedes esperar.

–Sociable el tipo, ¿no? –comentó Cavanagh en voz baja.

–Como dije antes, no está acostumbrado a recibir visitas.

–Ya –se enfadó Cavanagh; y, enseguida, puso las manos como bocina para llamar–: ¡Señor Vogler!

–¿*Ja*? –respondió la voz desde arriba.

–Usted se hallaba aquí en el granero. Y vio al ladrón salir de la casa, subirse al auto y alejarse en él. ¿Es cierto esto?

–Mucho cierto. Adolph era con segadora de heno. Como ahorra.

–Ya veo. ¿Tuvo oportunidad de observar al ladrón con cuidado?

–Mucho bien. Yo tener buenos ojos para mirrar, señor capitán.

El sonido del heno izado por el rastrillo llegó hasta los oídos de Cavanagh.

–Me parece que tendrá que explicarnos algunas cosas –insistió el oficial de policía.

–¿Qué explicar?

–Bueno, mire usted, señor Vogler, el hombre que capturamos, el que usted dijo que había robado el dinero de la alacena de la cocina cuando usted estaba aquí arriba, me ha parecido un poco extraño.

Se volvió a escuchar el sonido de las fuertes pisadas, y también el del pestillo de una puerta cerca de las bastas escaleras que se encontraban en un extremo del granero.

–Señor Vogler, el hombre que detuvimos era bastante alto. Mucho más alto que yo, y mido un metro ochenta. Además, era bastante gordo.

Los goznes de una puerta que se abría chirriaron en la parte superior de la escalera.

–Hay otra cosa –continuó diciendo Cavanagh–. El ladrón lucía una barba completa. En nuestros días pocas personas la llevan, señor Vogler. Y en estas circunstancias me pregunto cómo pudo usted decir que era...

Cavanagh se quedó callado al contemplar al hombre que bajaba por las escaleras. Al llegar al suelo, Heinrich Vogler se dio la vuelta y caminó hacia el policía, casi tocando las vigas del granero con la cabeza. El granjero bajó la mirada desde una altura que superaba los dos metros. Su gigantesca barriga se agitó cuando desprendió las pajillas que le habían quedado adheridas a su magnífica barba.

–*Ja* –dijo Vogler lentamente–. El hombre era como yo decirle al señor Bleekerman aquí. Uno término medio.

Entre las cuatro y las doce

Jack Ritchie

Cincuenta metros más adelante, la luz del semáforo cambió al amarillo de precaución. Fred Martin dejó deslizar el auto hasta detenerse, justo antes de que se encendiera el rojo.

En aquel momento tenía que ser cuidadoso. No era la ocasión más oportuna para sufrir un accidente. Ni siquiera el más insignificante.

No es que Martin albergara ningún temor de que se llegara a descubrir el cuerpo de Beatriz en el interior del portaequipajes del automóvil. Sabía que, aun en el caso de que sufriera un accidente sin importancia, a nadie se le ocurriría mirar allí.

Si es que llegara a venir la policía, simplemente trataría de determinar las causas y la responsabilidad de lo sucedido. Lo más seguro es que examinaran a los conductores para constatar si habían tomado bebidas alcohólicas.

Y Martin se sentía cabal y totalmente sobrio. Por lo menos, lo estaba en aquel momento.

No. El accidente en sí no sería causa de preocupación. Pero anotarían el número de la matrícula de su auto, y él no podía permitir que eso sucediera. Precisamente, jamás en aquellas horas de la noche.

Al recorrer la calle Capitol, se cuidó de respetar el límite de velocidad de cuarenta kilómetros. Cuando llegó a la calle Séptima, se introdujo cuidadosamente en el carril izquierdo, encendió el intermitente y se lanzó a la Carretera 32.

La circulación era fluida a las siete y media de aquella tarde, y la luna en su tercer cuarto trazaba un frío camino sobre el asfalto. Cada vez que pasaba un automóvil en sentido contrario, Martin reducía la intensidad de sus faros.

Llegaría a la mancha de árboles en quince minutos. Se adentraría por una carretera lateral, y todo estaría preparado. La tarde del domingo la había dedicado a cavar la tumba de escasa profundidad, que ya sólo esperaba la llegada de Beatriz.

Claro estaba que su desaparición provocaría algunas sospechas por parte de la policía. Pero, al final, tendrían que llegar al convencimiento de que ella simplemente había hecho su equipaje para abandonar a su marido.

Martin se podía imaginar la conversación con los agentes. Se llevaría a cabo alrededor de las diez de la mañana. Poco más de una hora después de que él saliera del calabozo. Sin duda estaría sufriendo los efectos del alcohol, y tendría que beber café muy cargado.

–Cuando llegué a casa esta mañana –les diría–, me di cuenta de que nadie había dormido en la cama de Beatriz.

El sargento se quedaría pensativo.

–¿No saldría de compras, después de hacer la cama, o algo por el estilo?

Martin dudaría antes de responder.

–Bueno, es que ella suele levantarse tarde. A las doce o a la una.

El sargento empezaría a formarse una opinión sobre Beatriz. Quizá también le molestara que Martin les hubiera llamado tan pronto.

–¿Por qué nos telefoneó usted inmediatamente?

–Unos cinco minutos después de comprobar que mi esposa no estaba. Pensé que quizá Beatriz había pasado la noche en casa de su hermana. A veces lo hace. Pero su hermana no la había visto desde hacía dos días.

–¿Telefoneó usted a alguien más?

–No, Beatriz tenía pocos amigos. De hecho, ninguno, que yo sepa. Pensé en llamar a los hospitales, pero hay tantos en la guía telefónica, que decidí que sería mejor solicitar ayuda a la policía. Lo más probable era que ustedes estuviesen enterados de cualquier accidente.

El sargento volvería a consultar sus notas.

–¿Llegó a su casa a las nueve y media de la mañana aproximadamente? ¿Acaso trabaja usted de noche?

–No. Yo tengo un turno de las cuatro de la tarde a las doce de la noche.

Martin daría a entender que le costaba un gran esfuerzo continuar, pero acabaría finalmente por balbucir la verdad.

–Estuve detenido hasta hace apenas una hora.

Posiblemente, el sargento levantaría las cejas.

Y él se explicaría.

–Después de salir de la fábrica, pasada la medianoche, me detuve en una taberna del barrio.

El sargento trataría de aguijonearle.

–¿Sí?

–Me temo que bebí demasiado. Cuando salía, choqué contra un automóvil que estaba estacionado a poca distancia.

Martin se permitiría el lujo de mostrar cierto enojo.

–Jamás había sufrido un accidente en toda mi vida. Nunca me han puesto una multa. Pero, cuando la policía llegó, me llevaron a la cárcel. Esta mañana me han soltado después de pagar una fianza.

Con toda probabilidad la voz del sargento se haría más seca:

–En esta ciudad hacemos que los conductores ebrios pasen la noche en el calabozo. Es una forma de sacarlos de las calles hasta que estén sobrios.

Aquél era un hecho conocido por Martin, y formaba parte de sus planes. Pero aparentaría sentirse debidamente avergonzado.

El sargento pediría autorización para examinar el dormitorio. Se daría cuenta de que había camas separadas, y de que el armario estaba medio vacío.

Martin se quedaría boquiabierto.

–¡Ha desaparecido casi toda su ropa!

Y también descubrirían que faltaban dos maletas, las buenas.

El sargento preguntaría:

–¿Qué llevaba puesto su mujer la última vez que la vio?

Y él se esforzaría por recordar.

–Me temo que no le puedo ayudar mucho en eso. Cuando salí ayer, a las tres y cuarto de la tarde, todavía iba con la bata.

—¿Tenían usted y su mujer dificultades domésticas?

A Martin le gustaría mucho decir la verdad sobre esta cuestión. Le suministraría el motivo de la desaparición. Pero se cuidaría de mostrar cierta insistencia.

—Un poco. Pero pienso que nos llevábamos igual que todo el mundo, hasta...

Aquí se interrumpiría como si le acosara alguna duda.

—¿Hasta...?

—Bueno, hace cerca de seis meses quedó disponible un puesto de supervisor en la fábrica. Pensé, igual que Beatriz, que, dada mi antigüedad y mi historial laboral... Me temo que los dos lo dimos por hecho. Hubiera significado para mí un considerable aumento de sueldo.

—¿Quedó muy desilusionada?

—Me temo que sí.

—¿Le culpó a usted? ¿O a la fábrica?

Martin no diría nada, pero el sargento sacaría fácilmente sus propias conclusiones.

Entonces el asesino recordó su propio desencanto, tan profundo, cuando no le tuvieron en cuenta. El jefe de personal debió sentirse un tanto culpable, pues se molestó en llamarle para explicarle lo ocurrido.

El puesto de supervisor precisaba de una persona más agresiva, que supiera impartir las órdenes y tomar decisiones. El historial de trabajo de Martin era magnífico, pero...

El jefe de personal llegó a soltar una risita azorada.

—Eres un tanto gris, Martin. Te pierdes en el fondo de las cosas. Nadie sabe cuándo estás presente.

Esperaba que él lo comprendiera y no le guardara ningún rencor.

En aquel momento, Martin disminuyó la velocidad y se metió en un camino lateral de grava. Siguió avanzando casi un kilómetro más, y se detuvo entre las sombras de los pinos y los abedules.

Le costó un poco de trabajo sacar el cuerpo de Beatriz del portaequipajes y cargarlo unos treinta metros hasta la tumba abierta.

Regresó al auto para sacar la pala y las dos maletas.

Beatriz había sufrido una muerte fácil.

«No se lo merecía», pensó Martin; pero él se negó a que hubiese mayores complicaciones.

Estuvo acumulando las cápsulas somníferas una a una, después de extraerlas de la botella que Beatriz guardaba en el botiquín. Se concedió bastante tiempo, porque quiso asegurarse de que tendría las suficientes para hacer un trabajo a fondo.

Aquella mañana las había disuelto todas en un litro de brandy que ella guardaba dentro del frigorífico.

Serían las tres y cuarto de la tarde cuando su esposa llenó el vaso y le añadió una pizca de agua mineral. Siempre empezaba a beber a aquellas horas.

Martin se hallaba en la cocina preparando unos emparedados y envolviéndolos para meterlos en su fiambrera. Y le costó trabajo no dar rienda suelta a un sentimiento de triunfo cuando la vio tomar el primer sorbo.

Media hora más tarde, en el momento en que él iba camino de la fábrica, supo que ella ya estaría llenando el vaso repetidamente...

Martin volvió a colocar las matas en su sitio y aplanó cuidadosamente la tierra que rodeaba la fosa. A la luz de la luna observó el trabajo que acababa de hacer y no le encontró ningún fallo.

Beatriz y sus dos maletas acababan de desaparecer para siempre.

Limpió cuidadosamente la pala y regresó caminando hasta el automóvil. Encendió el motor y se puso en marcha.

Habían estado casados durante diez años, y cada uno de ellos llegó a significar una eternidad de abusos y molestias. Pero él siempre mantuvo un sentido del deber hacia el matrimonio, y una negativa constante a aceptar la posibilidad de que las cosas mejoraran.

Ni siquiera mencionó el divorcio hasta después del asunto del puesto de supervisor. Cuando aquello fracasó, Beatriz se volvió aún más virulenta.

Respecto a Martin, el hecho determinó el fin de su matrimonio. Pero la sola mención del divorcio provocaba una inalterable terquedad en la mirada de su mujer. Quizá era que se percataba de que jamás podría encontrar a otro hombre que tolerara su lengua viperina, su desidia y sus borracheras...

Martin se detuvo a la altura de la señal de acceso al bosque y luego regresó por la Carretera 32.

Sin duda, el sargento llevaría la investigación a fondo. Cuando averiguara que Beatriz no estaba en ningún hospital, empezaría a hacer preguntas difíciles.

—Señor Martin, ¿tenía algún seguro de vida su mujer?

Y él lo negaría con un movimiento de cabeza.

—No. Ella jamás ha creído en eso de tener una póliza a su nombre, pero yo tengo dos por un valor de quince mil dólares.

El sargento anotaría en su cuaderno «sin seguro de vida».

—¿Dice usted que estuvo trabajando desde las cuatro hasta la medianoche?

—Sí —contestaría Martin escogiendo bien sus palabras—. Sin embargo, normalmente salgo de casa alrededor de las tres y cuarto. El recorrido hasta la fábrica solamente me lleva media hora, pero no me gusta arriesgarme a llegar tarde y que me cierren el estacionamiento.

Al sargento le interesaría saber más sobre el asunto:

—¿Que le cierren el estacionamiento?

—Sí. El de la compañía. Es un área de aproximadamente dos manzanas, rodeada por una cerca de tres metros de altura. ¿Sabe?, hace unos años robaron algunos automóviles de allí mientras la gente estaba trabajando. Así que la empresa cercó toda la zona. Las rejas se cierran diez o quince minutos después de que haya entrado el nuevo turno.

—¿Y si llega a la fábrica después de esa hora?

—Mala suerte. Tienes que encontrar un sitio para aparcar en las calles del barrio.

Podría no surgir en aquel momento; pero, finalmente, el sargento intentaría indagar más sobre la cuestión.

—¿Cuántas entradas hay?

—Dos. Una en el extremo norte del estacionamiento, y otra en el sur. Cada una tiene un carril de entrada y otro de salida.

—¿Permaneció su coche dentro del estacionamiento desde las cuatro aproximadamente hasta la medianoche?

–Claro, yo estaba trabajando.

El sargento diría como quien no quiere la cosa:

–¿Recordaría alguno de los vigilantes que usted dejó su auto allí dentro y no en la calle?

Martin se pondría a reflexionar.

–Siempre utilizo la entrada sur. Allí está Joe Byrnes. Sí, creo que lo recordaría. Me conoce bastante bien.

Y Joe Byrnes debería recordar. Cuando te detienes a la entrada para pagar una deuda de cinco dólares, la gente lo suele recordar.

–Supongamos que, por alguna razón, usted debiera salir antes de acabar su turno. Si se pusiera enfermo, por ejemplo, y tuviera que irse a casa. ¿Cómo lo haría?

–Simplemente te acercas a la entrada para ver al vigilante. Te identificas y él anota el nombre y el número de la matrícula. Luego te abre las puertas.

Martin soltaría una pequeña risa.

–Supongo que todo eso es para evitar que alguien salte por encima de la cerca y robe un coche. Quieren asegurarse de que realmente eres el propietario.

–¿Siempre hay un vigilante en las entradas?

–Sí –contestaría, asintiendo con la cabeza.

Pero no era totalmente cierto. Se suponía que Joe Byrnes debía estar allí; sin embargo, Martin sabía que aquél, después de cerrar las rejas, siempre acababa yendo a la entrada norte, donde estaba Ed Parker, para matar el rato.

Porque Joe pensaba que cualquiera que tuviese que salir, antes de acabar el turno, lo haría de todas formas por la entrada norte. Era más cómoda y se encontraba más cerca de la fábrica.

Además, jamás confesaría al sargento que no estuvo en su puesto todo el tiempo. Y tampoco Ed Parker diría nada, pues ambos sabían que podrían despedir a Joe si se descubriera el asunto.

Cuando Martin llegó al trabajo aquella tarde, estacionó el automóvil cerca de la entrada sur. A las siete salió sigilosamente de la fábrica, se aseguró de que Joe y Ed estaban en la caseta norte y luego regresó hasta donde se encontraba su coche.

Silenciosamente, abrió la entrada sur, sacó el vehículo y volvió a cerrar la puerta con llave.

Era posible que el sargento preguntara más cosas:

—Aparte de los vigilantes, ¿hay alguien más que tenga las llaves de las puertas de entrada?

—Realmente no lo sé.

—¿No se cuenta con duplicados?

Martin se encogería de hombros.

—Supongo que sí. Tendrían que estar guardados en algún sitio, me imagino.

Pero Joe Byrnes era muy descuidado para aquellas cosas. Martin había ido a visitarle las veces suficientes como para saberlo. Y cuando descubrió lo fácil que era robar un duplicado de las llaves, fraguó todo el plan para deshacerse de Beatriz.

Después, guardó la llave durante más de tres meses. Y que él supiera, Joe nunca la había echado en falta. Sin embargo, Martin no debía olvidarse de volverla a poner en su sitio. Simplemente, para prevenir que a alguien se le ocurriera investigar...

El parricida se detuvo ante el disco de la calle Capito y luego torció a la derecha. Entonces se dio cuenta de que el sedán que iba detrás de él también giraba.

El sargento haría más preguntas:

—¿Por alguna razón sacó usted el coche del estacionamiento anoche?

—No. Como le dije, estaba trabajando.

—¿Cuál es su número de matrícula?

—C25-388.

—¿Y su puesto en la fábrica?

—Soy corredor de repuestos.

El sargento no podía saber qué significaba eso.

—Me encargo de que en la línea de montaje no falte material. Por ejemplo, si en algún punto empiezan a escasear tornillos de cualquier tipo, me dirijo de inmediato al departamento de suministros para que se ocupe de eso. Y me aseguro de que manden los tornillos enseguida.

—Luego entonces, ¿usted se mueve de un lado a otro del taller durante su turno? ¿Podrían verificar muchas personas que usted permaneció allí desde las cuatro hasta la medianoche?

—Desde luego. Docenas de compañeros.

Allí había un punto débil, pero no se podía evitar. Nadie está al mismo tiempo en dos lugares distintos. Claro que Martin lo había hecho lo mejor posible. Se aseguró de que muchas personas le vieran antes de las siete, y se las ingeniaría para que bastantes más le vieran después de las nueve.

Contaba con la ayuda de la confusión y el ajetreo de la fábrica, y estaba seguro de que un buen número de personas «recordarían» haberle visto entre las siete y las nueve, si llegara el caso. O, por lo menos, se mostrarían inseguros en esta cuestión.

—¿Es usted el único corredor de repuestos de la fábrica?

—No. Hay cerca de diez más. Todos trabajamos desde el despacho del señor Hanson en la planta del taller.

—¿Se darían cuenta de su falta si usted se fuera durante un par de horas?

Martin se reiría.

—¡Espero que sí!

Pero no podían advertirlo. Martin estaba razonablemente seguro de ello. Con casi una docena de corredores de repuestos entrando y saliendo de su oficina, Hanson jamás se percataría de que Martin había estado ausente durante dos horas. De hecho, sólo estaría fuera una hora y media, ya que en ese tiempo se incluía el que se le daba para el almuerzo.

Cuando torció hacia el sur, en la calle Veinte, Martin miró por el espejo retrovisor.

El sedán gris seguía detrás de él.

Arrugó un poco la frente...

—Después de salir del trabajo, ¿cuánto tiempo permaneció en esa taberna? —preguntaría el sargento.

—Alrededor de una hora.

—¿Cuál es el nombre del lugar?

—Cervecería Pete. Está muy cerca de la fábrica.

Pete podría corroborar aquella parte de la historia. Desde que Martin había ideado el plan para deshacerse de Beatriz, decidió frecuentar la taberna todas las noches al acabar su turno. Para entonces, el propietario le conocía bastante bien.

El sargento tendría que averiguar una cosa más:

–Que usted sepa, ¿quién fue la última persona que vio a su mujer?

–El hombre que entrega la ropa de la tintorería. Trajo algunas prendas de vestir y se llevó otras para limpiarlas. Serían las tres de la tarde.

El empleado de la tintorería siempre venía los lunes a la misma hora. Pero Martin, después del asesinato, se puso nervioso hasta que, por fin, le vio venir.

Y aquello sería todo, más o menos, lo que ocurriría.

A partir de ese punto, el sargento tendría que llegar a sus propias conclusiones.

El hombre de la tintorería le había visto a las tres. Martin salió de su casa un cuarto de hora más tarde para poder llegar al estacionamiento antes de las cuatro. Su auto quedó allí hasta la medianoche. Luego permaneció una hora en la Cervecería Pete. A la una, o pocos minutos más tarde, sufrió un accidente y le metieron en el calabozo. Le soltaron a las nueve, vino directamente a casa y llamó a la policía cinco o diez minutos más tarde.

No. Si hubiera matado a su mujer, no habría tenido tiempo para deshacerse del cuerpo. A menos que se hallara todavía en casa. Y podría estar.

Martin esbozó una sonrisa.

Quizás efectuarían un registro.

Al llegar a Greenfield, indicó que iba a girar a la derecha. Y el sedán gris le siguió a una distancia aproximada de veinte metros.

Martin experimentó una sensación de alarma. ¿Sería una patrulla de la policía? Pero, ¿por qué habría de seguirle?

Bajó la mirada hacia el cuentakilómetros. Estaba por debajo del límite de velocidad. Muy por debajo.

Cuando se detuvo ante un disco, miró por el espejo retrovisor.

No, no era una patrulla. De eso estaba seguro.

«Pero puede ser un policía civil –pensó Martin, dejándose llevar por el pánico–. ¿Habré cometido alguna infracción? ¿Me habré pasado algún stop?»

Casi con rabia, sacudió la cabeza. Aquello no podía ser. Le hubieran detenido en el acto.

De reojo, echó una mirada sobre sus hombros. No. Aquel tipo no podía ser un detective. Era un hombre pequeño. Incluso desde la distancia, Martin lo pudo constatar. La policía no acepta personas tan bajas.

Cuando el disco cambió, el automóvil de Martin siguió de frente. Torció en la siguiente esquina.

El sedán le siguió.

Y el asesino empezó a sudar. Tal vez se tratara de algún tipo de atraco. Quizá esperaba a que Martin se detuviera en algún cruce oscuro. Quizá pensaba que él se dirigía a su casa, y tenía planeado robarle cuando se bajara a abrir la puerta del garaje.

Por eso dio una vuelta a la manzana para regresar a la bien alumbrada Avenida Greenfield.

Furtivamente, dirigió su mirada hacia el espejo retrovisor. Y soltó el aliento con alivio.

El sedán ya no le seguía. Sin duda, se había tratado de una de esas coincidencias. Ese automóvil nunca le había estado persiguiendo.

Al llegar al estacionamiento, Martin abrió silenciosamente la puerta sur, inmersa en una solitaria penumbra. Estacionó su auto y pasó a un lado de la caseta norte al regresar a la fábrica.

Joe Byrnes y Ed Parker estaban jugando a cartas.

Nadie pareció darse cuenta de su presencia cuando volvió a entrar en el taller. Y Hanson, como de costumbre, se encontraba ocupado con una llamada telefónica.

Luego entregó a Martin una orden de trabajo.

–Encárgate inmediatamente de esto.

Al parricida nadie le había echado en falta.

–Cómo no –dijo Martin a Hanson.

El hombrecito estacionó su sedán oscuro y entró al edificio de seis plantas. Tomó un ascensor hasta el cuarto piso y se acercó a una máquina de escribir, desocupada, en la sala de redacción de las noticias locales. Copió una lista de números que tenía anotada en su cuaderno y se la entregó a uno de los directores.

Éste alzó la cabeza.

–Cómo me gustaría tener tu trabajo.

–Eso crees. No es ningún paseíto seguir automóviles durante la medianoche.

El director echó una ojeada a la lista.

–¿Quién es el afortunado? ¿Por qué se lleva el premio de cincuenta dólares?

El hombrecito señaló uno.

–Ése. Le vi hace apenas un rato y le seguí durante casi cinco kilómetros. No se permitió la menor libertad con el reglamento de tránsito.

El director apretó los labios.

–Como estamos en la Semana de Seguridad Vial, publicaremos el número de matrícula en la primera plana. Entérate de quién es el titular de la C25-388. Obtén una pequeña entrevista y su fotografía. También la publicaremos.

La chica de oro

Jonathan Craig

Se pretendía que pareciera o un suicidio o una muerte accidental. No hubo nada de aquello. Porque fue un asesinato en toda regla.

Resultó extraño que fuese un detective el primer oficial de policía que llegase al lugar donde se había cometido un homicidio; pero aquélla fue una de tantas veces. Stan Ryder, mi pareja de detective, y yo estuvimos recorriendo las calles de Geenwich Village en un vehículo policiaco no identificado. Tratábamos de comparar las caras de los transeúntes con nuestro fichero mental de criminales buscados. De pronto, un niño salió corriendo de un callejón en la parte posterior del Hotel Corbin, gritando que había un muerto allí dentro.

El niño siguió huyendo, y Stan, que conducía el auto, se introdujo en el callejón...

Y en aquel instante, pocos minutos después de las seis de la tarde, en un bochornoso día del mes de agosto como ninguno que yo recordara, nos hallábamos frente al cuerpo de un hombre joven, de cabello oscuro y bien vestido. Aparentemente había caído, hacía pocos minutos, por una ventana abierta de la habitación del tercer piso del hotel que se alzaba ante nosotros.

El cadáver yacía boca arriba, con los brazos y las piernas extendidos. Y, a pesar del tremendo impacto de su cuerpo contra el asfalto, había muy poca sangre. Pero descubrimos una negra hinchazón sobre el caballete de la nariz y unas manchas moradas en el lado izquierdo de la cara y en la mano y muñeca izquierdas.

En Nueva York no se permite que los detectives toquen un cuerpo hasta que haya llegado el médico forense; pero, en ocasiones, hacemos trampa. Presioné la punta de mi dedo contra la quijada del muerto, y la cabeza cedió fácilmente a la presión.

–¿Se nota ya el *rigor mortis*, Pete? –preguntó Stan.

–No –le dije, sacando la cartera del bolsillo interior de la chaqueta del difunto.

Contenía ochenta y tres dólares, algunas tarjetas de visita y un carnet de identidad que lo identificaba como Harry B. Lambert, con domicilio en el número 684 de la calle 71 Este. Leí a Stan el nombre y la dirección, puse de nuevo la cartera en su sitio y me levanté. Más tarde realizaríamos un examen más detallado. Naturalmente, cuando hubiera venido el forense.

–Se observa bastante lividez *post mortem* en el lado izquierdo –señaló Stan–. Hace falta alrededor de una hora para verse así, ¿no crees?

–Más o menos –respondí.

La lividez *post mortem* se debe a que la sangre se acumula en las partes del cuerpo que han quedado más cerca del suelo. En el caso de Harry Lambert, significaba que había yacido sobre el lado izquierdo durante, por lo menos, una hora antes de que alguien le lanzara por esa ventana del tercer piso.

–Por el olor que despide parece que estuvo dándole duro a la bebida –comentó Stan, mirándome con un gesto un tanto sorprendido.

Mi compañero suele asombrarse ligeramente ante cualquier hecho. Es un policía alto y desgarbado, con una voz suave y algunas canas prematuras repartidas por su corte de pelo un poco anticuado. Se peina al estilo militar y tiene una engañosa forma de ser apacible. También ostenta un título de cinturón negro, posee los puños más duros del cuerpo de policía y demuestra una falta de miedo físico casi absoluta.

–¿Piensas que ese golpe que recibió entre los ojos fue la causa de la muerte? –me preguntó.

–Podría ser. Quizá alguien esperaba que cayera de bruces en el pavimento. Acaso para borrar la evidencia, por así decir.

–Y no le salió como deseaba –comentó Stan–. Bueno, esta vez tú eres el jefe, Pete. ¿Qué hacemos?

–Quédate tú aquí con el cuerpo hasta que llegue el médico forense. Yo husmearé en el hotel, a ver si animo las cosas.

Me fui caminando hasta la entrada del Corbin y me introduje en una de las cabinas telefónicas del vestíbulo para llamar al teniente Barney Fells, el supervisor mío y de Stan. Alguien nos sacaría de la misión de trabajos rutinarios y nos encargaría la investigación del homicidio a tiempo completo. También se cuidaría de notificar de inmediato el hecho de la Oficina de Comunicaciones. Y éstos, a su vez, mandarían una ambulancia y avisarían a los demás departamentos que intervienen en los casos de homicidio.

El Corbin era el típico hotel pequeño, quizá un tanto más reducido, viejo y destartalado que la mayoría. Disponía de un vestíbulo diminuto y de un ascensor tipo jaula, poco mayor que una cabina telefónica.

No había nadie detrás del mostrador. Hice sonar la campanilla un par de veces y esperé.

El hombre de mediana edad que por fin apareció era bajo y de talle delicado, con una gran cabeza casi perfectamente esférica, cabello pajizo bastante ralo, ojos grises y húmedos, y una barbilla muy pequeña.

–Sí, señor –dijo con una voz mucho más grave de lo que me esperaba–. ¿En qué puedo servirle?

Le mostré mi placa.

–Soy el detective Selby. ¿Está registrado aquí el señor Harry Lambert?

–Sí, señor –dijo asintiendo con la cabeza–. Llegó esta mañana.

–¿Había alguien con él?

–No.

Saqué mi cuaderno.

–Necesito saber el nombre de usted.

–Dobson. Wayne Dobson.

–¿Recibió alguna visita el señor Lambert?

–Que yo sepa, no. ¿Por qué? ¿Qué ha pasado?

–Muerto. Ahí fuera, en el callejón que está detrás del hotel. Salió lanzado por la ventana.

Dobson contuvo el aliento.

—¿Suicidio?

—¿Le conocía usted personalmente?

—No. Pero yo... —movió lentamente la cabeza—. Ésta es la primera vez que aquí sucede algo parecido.

—¿Sólo acude usted a la entrada cuando alguien hace sonar la campanilla?

—Generalmente sí.

—¿En qué habitación se hospedaba Lambert?

—Un momento —dijo, y revisó el archivo con las tarjetas de registro—. Ocupaba la trescientos cuatro.

—¿Puso su domicilio particular en el registro?

—Sí, señor. Como lo estipula la ley. Escribió: calle 71 Este, número 684.

—¿A qué hora llegó aquí?

—A las once cuarenta y cinco.

Guardé mi cuaderno de notas.

—Necesitaré la llave de su habitación, señor Dobson. Y le ruego que permanezca cerca del mostrador. Están a punto de llegar otros policías.

—Desde luego —dijo, asintiendo con la cabeza, al mismo tiempo que me entregaba una llave maestra sostenida por un gran aro de alambre rígido—. Le ayudaré en todo lo que pueda.

Me dirigí hacia el ascensor, pero cambié de parecer. Tengo un problema con los trastos de aquella cosecha y tamaño. Volví a mirarlo y caminé hacia el otro costado del vestíbulo. Preferí subir por las escaleras.

Es posible que en alguna ocasión haya estado en un hotel más pequeño, pero no lo recuerdo. De lo que estoy bien seguro es de que jamás había estado en uno tan caluroso.

Una vez en la habitación, comprobé que la cama y el tocador, los dos metálicos, estaban cubiertos con algo similar a pintura para paredes, y el sofá parecía a punto de derrumbarse por su propio peso.

No había indicios de lucha, pero, por las apariencias, se podría pensar que Harry Lambert había tenido visitas. Por lo menos una, que además había sido una mujer. En el tocador quedaba una botella de whisky casi vacía, en un extremo, y en el otro había un par de vasos del hotel, uno de los cuales tenía la marca de lápiz de labios en el borde.

Debajo de la cama no había más que polvo, y en el armario más suciedad y dos colgadores oxidados. Tampoco encontré nada en el cuarto de baño.

Me dispuse a examinar el tocador. Hallé un espléndido portafolios de cuero negro en el cajón superior, y nada en los demás. Coloqué el maletín sobre la cama, manejándolo con cuidado para no borrar ninguna huella digital. Y lo abrí.

Entre otras cosas, el portafolios contenía una cartera negra, de unos veinticinco centímetros de largo, catorce centímetros de ancho y trece milímetros de grosor, con el nombre de Harry Lambert grabado en letras de oro. Y a ella iba unida una cadena de oro de cerca de sesenta centímetros de largo con un broche en el extremo. Yo ya había visto muchas carteras de éstas. Las usaban los joyeros que vendían directamente, para llevar sus gemas. Y se les conocía como estuches de joyero. Estaba vacía.

El portafolios también contenía, en diversos compartimientos, una lupa de joyero, un diminuto par de platillos de balanza y un juego de pesas guardadas en una caja de plástico transparente. También, gran cantidad de pequeños pliegos de papel suave, que se usaban para envolver las piedras preciosas.

Volví a poner el portafolios en el tocador, me quité la chaqueta y deshice la cama. Encontré el lápiz labial entre las dos almohadas.

No era un lápiz de labios normal. Sin duda hasta los más baratos pueden parecer caros; pero aquél era bueno de verdad. Estaba hecho de oro macizo y lucía un hermoso dibujo de flores grabado a lo largo y un monograma con las iniciales «L.C.» sobre la tapa.

Era ese tipo de objeto que una mujer jamás necesita comprar para sí misma. También estaba hecho a mano, y debía de llevar la marca secreta del joyero en alguna parte. En el cuartel general había un archivo con centenares de tales marcas, como también disponemos de otro de marcas de tintorerías.

La localicé con la ayuda de mi pañuelo y de la lupa que había en el portafolios. Estaba en el interior de la tapa, por la parte superior: un ancla rodeada por tres círculos concéntricos.

Coloqué el lápiz labial sobre el tocador, al lado del portafolios, y acabé de examinar la cama. Apenas me estaba volviendo a poner la chaqueta, cuando alguien golpeó en la puerta y entraron dos técnicos y el fotógrafo del cuartel general.

–Hola, Pete –me saludó el jefe de los técnicos, al mismo tiempo que se limpiaba el sudor de la frente–. ¿Crees que el asunto se calentará?

–Siempre hay esperanza. ¿Ya han terminado en el callejón?

–Allí no había nada más que hacer. Sólo las fotos, y ya están listas.

–Sería conveniente que tomara otras desde la ventana –dijo el fotógrafo, moviéndose a un lado.

–¿Ya apareció el médico forense? –pregunté.

–Llegó cuando nosotros salíamos. Es el doctor Chaney.

–Bueno, es todo tuyo, Ed –le dije y me dispuse a salir–. Quiero volver a hablar con el recepcionista del hotel.

Antes de bajar, llamé en las puertas contiguas a la de Lambert y a la que estaba enfrente. No recibí respuesta alguna.

Cuando llegué al vestíbulo, descubrí que Wayne Dobson había abandonado otra vez la recepción. La puerta que daba a ella estaba entreabierta. Di la vuelta y la abrí del todo.

Dobson se hallaba acostado en la cama de una habitación que, excepto por un televisor portátil y las rejas que suele haber en las ventanas de los primeros pisos de Nueva York, resultaba idéntica a la que acababa de dejar. Tumbado, se le veía aún más pequeño que de pie, y sus ojos mostraban una expresión de dolor.

–¿Qué le pasa? –pregunté.

Me dirigió una leve sonrisa.

–Las úlceras. Me ha afectado mucho ese suicidio.

–¿Le puedo ayudar en algo?

Indicó que no con un movimiento de cabeza y se sentó en la cama haciendo un esfuerzo.

—Ya se me pasará. Al menos siempre sucede así.

—¿Se siente capaz de hablar un poco?

—Si es preciso, lo hago —dijo, encogiéndose de hombros—. ¿Qué desea saber?

—Bueno, primero, ¿dónde se encuentran los botones? No he visto ninguno.

—Está Joe Moody. El problema es encontrarle.

—¿Subió Moody con Lambert después de registrarse?

—No. Joe no estaba en ese momento.

—Lambert recibió una visita —le dije—. Una mujer. ¿Vio a alguna pasar por el vestíbulo?

—Sí, una. Me pareció una verdadera belleza. Tomó el ascensor.

—¿Tiene alguna idea de quién era?

—No, pero valía la pena verla: rubia platino, un cuerpo fabuloso y un vestido color oro que se le pegaba al cuerpo como una segunda piel. Una prenda brillante, refulgente. Debe de haberle costado un riñón.

—¿A qué hora fue?

—Ah... yo diría que cerca de las cuatro. Quizá más tarde.

—¿Fue la única mujer que vio pasar?

—Sí, señor Selby. ¿Me podría hacer un favor? Hay una caja de zapatos debajo del mostrador, en la que guardo una serie de cosas que la gente deja en sus habitaciones. Acabo de recordar que el otro día metí ahí un frasco de píldoras contra la acidez. Quizá me calmen un poco.

Me dirigí al mostrador, busqué dentro de la caja hasta que di con las píldoras, y se las llevé a Dobson.

—Gracias —me dijo—. Nunca se permita tener una úlcera.

—Una sola cosa más y le dejaré descansar. ¿Se encarga usted de la centralita telefónica?

—Sí. Aquí el encargado de recepción hace de todo menos trabajar para ganarse la vida.

—¿Realizó Lambert alguna llamada?

—¡Hombre!

—¿Qué pasa?

—Se me olvidó por completo. Sí, recibió una. Y el tipo

que llamó estaba bastante furioso por alguna razón. De inmediato empezó a maldecirle. El señor Lambert no hacía más que decir: «Oye, Rocky, cálmate, por favor»; «escúchame, Rocky»; «déjame que te explique», y cosas así.

—Bien, pero aparte de maldecir, ¿qué es lo que habló el tipo?

—Nada. No hizo más que echarle sus bendiciones. Luego el señor Lambert le colgó de súbito.

—¿El tipo volvió a llamar?

—No.

—¿A qué hora lo hizo?

—Yo se lo puedo decir con exactitud. Eran las cuatro menos diez. Coincidió con que yo acababa de poner el reloj en hora.

De repente hizo un gesto de dolor y se recostó en la cama.

—Ya le digo —susurró—, no tenga úlceras.

Anoté algunas cosas en mi cuaderno, le di las gracias a Dobson por la ayuda que me había prestado y realicé un recorrido por el hotel, para ver cómo les estaba yendo a Stan Ryder y al médico forense con sus tareas en el callejón.

Allí había dos vehículos más de la policía, y una ambulancia junto con unos cien espectadores.

—Pete, dice el doctor Chaney que puede determinar con bastante exactitud la hora en que murió —me comunicó Stan cuando logré atravesar la multitud que les rodeaba—. Calcula que fue entre las cuatro y las cinco de la tarde.

—Precisamente —reafirmó el forense, levantando la cabeza desde el pavimento donde estaba arrodillado junto al cadáver—. Ésta es una de esas pocas veces, entre un centenar, en que puedo fijar límites bastante exactos.

—¿Qué me dice de ese golpe en el entrecejo, doctor? —preguntó Stan—. ¿Piensa que eso pudo causarle la muerte?

—Es posible. Sí, seguramente se debe a fractura profunda. Pero habrá que esperar los resultados de la autopsia —apuntó, al mismo tiempo que se levantaba y echaba una mirada a la ambulancia—. Ya he terminado, Pete. Si me entregas el cadáver, me lo llevaré.

—¿Sacaste todo lo de sus bolsillos, Stan? —pregunté.

–Sí –me dijo mi compañero, tocándose uno de los bolsillos de su chaqueta–. Pero no hay nada que nos sirva. En su cartera sólo llevaba el dinero y las tarjetas.

Hice firmar el recibo al médico forense y, luego, Stan y yo atravesamos el gentío, para entrar en el auto con el que habíamos llegado.

–Así que Lambert era vendedor de diamantes, ¿eh? –me preguntó Stan cuando acabé de informarle sobre mis pesquisas en la habitación del hotel y mis conversaciones con el recepcionista–. Menuda forma de llevar un negocio. Podrían haber entrado cientos de personas, y la única que recuerda con toda seguridad es la chica con el vestido dorado.

–Es posible que el botones nos indique alguna más.

Encendí el motor y empecé a retroceder con el auto para salir del callejón.

–Voy a la parte alta de la ciudad, con el fin de comprobar la dirección del carnet de identidad de Lambert. Stan, tú...

–Sí, ya lo sé –me dijo con gesto adusto–. Yo tengo que quedarme para coordinar la operación en ese horno del cuartel general.

–Siempre hay alguien que se tiene que encargar de los platos sucios, compañero.

–Claro; pero, ¿por qué tengo que ser yo siempre?

–Ante todo, consigue hablar con ese botones. Luego averigua si algún otro huésped del hotel, de su mismo piso, vio o escuchó algo. Además, hay un puesto de periódicos al otro lado de la calle. Quizá el encargado se dio cuenta de algo.

Di la vuelta a la esquina y me detuve frente a la entrada del hotel.

–Una cosa más –le dije–. Envía a alguien al cuartel general para que entregue el lápiz de labios. También quiero que se investigue la marca del joyero.

Stan suspiró.

–¿Estás seguro de que no te olvidas de ninguna otra cosita que quieres que haga para ti?

–Así, a primera vista, no –le contesté–. Pero si me das un poco de tiempo...

—Olvídalo —me dijo sonriendo—. Nos veremos en el cuartel general.

El número seiscientos ochenta y cuatro de la calle Setenta Este resultó ser una residencia renovada de apariencia muy lujosa. Encontré un buzón con una tarjeta, donde se leía LAMBERT/MANNING - 2A. Pulsé el timbre que había abajo. Poco después, un resorte eléctrico abrió la puerta interior del vestíbulo. Subí hasta el segundo piso por las escaleras.

En la puerta, abierta, del 2A se hallaba un hombre corpulento, de brazos cruzados, que me miró intensamente. Tendría unos treinta años, por lo que pude juzgar, con gran cantidad de cabellos color arena, que acababan en pico sobre la frente. También exhibía unas cejas extraordinariamente pobladas sobre unos pequeños ojos castaños con destellos amarillos.

—¿Es usted quien ha llamado al 2A? —preguntó con cierto tonillo en su voz.

Le mostré mi placa.

—El detective Selby. ¿Es usted un amigo del señor Lambert?

—Vive aquí. Los dos compartimos el piso. ¿Qué pasa?

—Sería más conveniente que habláramos dentro.

Se quedó dubitativo por un instante y, luego, encogiéndose de hombros, me permitió con un gesto la entrada al apartamento.

El cuarto de estar no era muy amplio, pero el mobiliario había costado un dineral. Tomé asiento en una poltrona de cuero claro y le indiqué con la cabeza que se sentara en el sofá que quedaba enfrente.

—Veamos —le dije al tiempo que sacaba mi cuaderno—. ¿Usted cómo se llama?

Me dirigió una furiosa mirada; sin embargo, se aproximó y tomó asiento.

—David D. Manning. Y siéntase como en su casa, Selby.

—Gracias. ¿Son muy buenos amigos usted y el señor Lambert?

—Bueno, compartimos la casa. Nos llevamos bien. ¿Por qué?

—Creo que le traigo noticias no muy buenas. Le mataron.

Fue a decir algo, pero luego cambió de parecer y se quedó sentado, mirándome como si tratara de descubrir que yo le estaba diciendo la verdad. Esperé.

—¿Cómo? —me preguntó Manning.

—No estamos del todo seguros. Alguien trató de disimularlo tirándole por una ventana.

—¿Alguien? ¿Me quiere usted decir que no sabe quién lo hizo?

—Aún no.

Súbitamente, se levantó y se dirigió hasta el mostrador de un pequeño bar que había en un extremo de la sala.

—Necesito un trago —se justificó, echando cincuenta milímetros de alcohol en un vaso largo—. ¿Usted quiere?

—No, gracias.

Bebió todo el contenido y regresó lentamente al sofá para volver a sentarse.

—Es difícil aceptarlo —dijo.

—¿Estaba casado? ¿Separado?

—No.

—¿Divorciado?

—No.

—Tendremos que comunicar la noticia a sus deudos más cercanos. ¿Nos podría decir quiénes son?

—No, no puedo. Nunca mencionó a ningún pariente suyo. Sus padres murieron, eso lo sé.

—¿Tenía buenos ingresos?

—Supongo que los dos ganábamos lo mismo. Un año, veinte mil; y otro, veinticinco mil.

—¿Entonces, usted también vende diamantes?

—Sí.

—Bueno, está claro que la pregunta que corresponde ahora es: ¿conoce usted a alguien que deseara su muerte?

Manning sonrió amargamente.

—Sé de dos o tres que disfrutarían mucho del hecho.

—¿Quiénes?

—Bueno, está esa chica con la que estuvo prometido, Barbara Nolan. Harry la dejó por otra. Y ella juró que le mataría.

—¿La tomó en serio?

—Al principio, no. Luego, sí. Empezaba a pesarle. Supongo que la chica le convenció.

—¿Sabe dónde vive?

—En el Village. El quinientos cuarenta y dos de la plaza Waverly.

—Ha hablado de otras personas.

Le dio un buen trago a su bebida.

—Creo que hay un tipo que se llama Mel Pearce, también vendedor de diamantes. Pensaba que Harry le había pisado una gran venta. Estaba verdaderamente obsesionado con eso. En una ocasión tuve que meterme entre los dos para que no se liaran a golpes.

—¿Sabe usted dónde puedo localizarle?

—Vive en el lado oeste de Central Park, supongo. Pero no sé bien dónde.

Pasé una hoja de mi cuaderno.

—Van dos —insistí—. ¿Hay más?

—No, que yo sepa.

—Harry recibió una desagradable llamada telefónica de un tipo llamado Rocky. ¿Le dice algo ese nombre?

Manning frunció la frente pensativo y luego sacudió la cabeza.

—No.

—¿Estaba Harry metido en algún problema? ¿Tenía tratos con usureros y prestamistas? ¿Algún asunto en los tribunales? ¿Deudas de juego? ¿Cualquier cosa así?

—No. Por lo menos que yo sepa.

—Dice usted que abandonó a Barbara Nolan por otra mujer. ¿Cómo se llama ésta?

—Elaine Greer —contestó, señalando una gran fotografía en color que estaba sobre el mostrador del «bar»—. Es una fotografía de la chica nueva.

Me acerqué para examinarla. La muchacha era muy joven, rubia y hermosa, pero de una belleza fría. Y la sonrisa que sus labios esbozaban no llegaba a reflejarse en sus ojos azules.

—Quiero hablar con ella —manifesté—. ¿Conoce su dirección?

–No. Pero sé que está en la guía de teléfonos de Manhattan.

–Harry era todo un tenorio, ¿verdad?

–No. Literalmente tenía que ahuyentarlas a garrotazos, pero era bastante fiel y se dedicaba a una sola.

Hizo una pausa.

–Esa chica, Elaine, debe de ser pura dinamita, quiero decir. Harry estaba realmente fuera de sí por su causa. Como le dije, Barbara y él se iban a casar. Sin embargo, cuando conoció a la otra, se olvidó por completo de su prometida. Aquélla tenía tan loco a Harry que ya no sabía lo que era arriba ni abajo.

–¿Usted conoce personalmente a Elaine?

–No. Nunca la he visto, pero estuve a punto de desear que tampoco la hubiese visto Harry. No hacía más que hablar de ella. Iba por ahí alelado como un quinceañero con su primer gran flechazo. Había que verlo para creerlo.

Me removí un poco en mi asiento y le puse una mina nueva al lapicero.

–¿Para quién trabajaba Harry?

–Para nadie. Obtenía sus piedras mediante un recibo.

–¿Mediante un recibo?

–En consignación. Podía estar vendiendo a la vez las piedras de media docena de joyeros. El recibo es el registro que el joyero tiene para las piedras que pasa. Se firma y ya está.

–En ese caso, gozaba de buena reputación.

–Más que buena. Perfecta.

–¿Cuándo fue la última vez que usted le vio, señor Manning?

Me lanzó una mirada inquisitiva; luego tomó su vaso y apuró su contenido. Me observó sobre el borde del vaso.

–No me haga creer que soy sospechoso –protestó.

–Pregunta de rutina, señor Manning. Pero, ¿cuándo?

Colocó su vaso sobre la mesilla que había a un lado del sofá.

–Esta mañana, y fue una cosa rara. No sé aún qué pensar de ello.

–¿Qué pasó?

—Bueno, el teléfono de Harry sonó hoy muy temprano, alrededor de las seis. Me despertó. Salí a la cocina a preparar un café y, a los pocos minutos, entró él con el portafolios bajo el brazo y totalmente vestido para marcharse. Parecía como si alguien le hubiese provocado el mayor sobresalto de su vida.

—¿Qué le contó a usted en ese momento?

—Nada. Le pregunté qué le pasaba, y él pasó a mi lado, sacó una botella de whisky de la alacena y tomó un buen trago. Yo estaba asombrado. Era la primera vez que le veía beber en más de un año. Tuvo problemas con el alcohol anteriormente, ¿sabe? No tenía ningún aguante. Y en aquel momento, allí, le vi echándose whisky al cuerpo como un desesperado.

—¿Y no dijo nada en absoluto?

—Ni una sola palabra. Creo que casi no se dio cuenta de mi presencia. Le pregunté quién le había llamado tan temprano, pero ni me oyó. No permaneció en la cocina más de medio minuto.

—¿Y salió del apartamento inmediatamente?

—Sí.

—¿Usted escuchó algo de lo que dijo por teléfono?

—No —contestó Manning, levantándose para servirse otro trago.

Le observé con mucho cuidado. Había algo en Dave Manning que me molestaba. Se encontraba demasiado tranquilo para tales circunstancias; sin embargo, cuando regresó a su asiento, noté algo que me dio a entender que aquella tranquilidad era sólo aparente. Estaba reclinado cómodamente en los cojines y aparentaba sentirse totalmente relajado, incluso un poco aburrido. No obstante, asía con tal fuerza el vaso que los nudillos de las manos se veían blancos como huesos.

Revisé las notas de mi cuaderno y luego me incorporé.

—¿Tiene a mano la guía telefónica? —le pregunté.

—Ahí, al lado del bar.

—Este vendedor de diamantes que usted dice que tuvo problemas con Harry, Mel Pearce, ¿se llama Melvin? —le pregunté.

–No. Melford.

Localicé a Melford Pearce en el número 216 del oeste de Central Park. Elaine Greer, la chica por quien Harry había dejado a Barbara Nolan, aparecía en el número 734 de la calle 58 Este.

–Creo que es todo por ahora, señor Manning –le dije dirigiéndome hacia la puerta–. Le doy las gracias.

–No ha sido ninguna molestia –me contestó tranquilamente–. Le deseo suerte.

Bajé a la calle y caminé hasta donde había dejado el automóvil. Ya había oscurecido totalmente, pero el aire húmedo parecía tan cálido como al mediodía. Y así seguiría toda la noche. Los rayos de las tormentas secas de verano se sucedían en torno a la aguja del edificio Empire State, al sur. Y el sonido estrepitoso de los barcos del río East ofrecían ese tono sordo que se escucha cuando cae la niebla del atardecer.

Hice algunas maniobras para incorporarme al tráfico y me dirigí al centro de la ciudad para mantener una conversación con Barbara Nolan, la chica cuya amenaza de muerte había trastornado a Harry.

El apartamento era pequeño, de una sola habitación. Estaba sobre una tienda de curiosidades. Incluso para la norma de Greenwich Village, la chica que me abrió la puerta era pequeña, preciosa y estaba enfurecida. Lucía una mata de pelo que le llegaba hasta los hombros, y era tan negro que despedía destellos azules. Tenía un pequeño rostro ovalado, con una tez como la crema fresca y unos profundos ojos castaños debajo de unas pestañas tan largas que al principio pensé que eran falsas. Así era Barbara.

–¿Y por qué viene a contármelo a mí? –me preguntó erguida sobre un cojín–. ¿Qué se supone que yo tengo que hacer? ¿Lanzarme en medio de su pira funeraria o algo así?

–No necesariamente –intenté tranquilizarla–. Me contento con que me responda a algunas preguntas.

Se apartó el pelo de la frente con el dorso de la mano y cruzó las piernas en el sentido opuesto.

–Usted está bastante seguro de que yo le maté, ¿verdad? –me soltó.

—Yo no he dicho eso, señorita Nolan.

—Pero se le ve en su horrible carita de policía. No tiene ni que contármelo.

—También tenemos una horrible y grandota comisaría. ¿Preferiría que la interrogáramos allí?

—Bueno, que conste que yo no le maté. Aunque, para su información, me hubiera gustado hacerlo.

—Y, sin embargo, en una época estuvo a punto de casarse con él.

—No me cabe duda de que Dave Manning le ha facilitado toda la información, ¿verdad?

—¿Cómo se gana la vida, señorita Nolan?

—Soy diseñadora, de joyería principalmente. También hago pinzas para llevar billetes de banco, hebillas de cinturones, polveras, lápices labiales, frascos de perfume, monturas de gafas, etc.

—¿Estaba usted trabajando esta tarde, digamos entre las cuatro y las cinco?

—¡Ah, conque eso es! Fue asesinado a esa misma hora, ¿verdad?

—Limítese a contestar la pregunta, por favor.

—Trabajo en casa. No he salido de aquí en todo el día.

—Tengo entendido que usted amenazó de muerte al señor Lambert en más de una ocasión.

—Y además afirmé que iba en serio. —Hizo una pausa para encender un cigarrillo—. Supongo que Dave Manning también le habrá contado eso, ¿no?

—La mayoría de las chicas no amenazan con asesinar a un hombre por el mero hecho de que las deje.

—¡Por el *mero* hecho! Usted lo dice como si no fuera nada especial, como si solamente hubiera cambiado de parecer sobre ir al cine o algo por el estilo.

Dio una corta chupada, furiosa, y expulsó el humo por la nariz.

—Y, además, no soy «la mayoría de las chicas». ¡Yo soy yo! Y hay cosas que no estoy dispuesta a soportar.

—¿Eso fue todo lo que hizo?

—¿Que si fue todo? —Pareció como si salieran pequeñas llamas de sus ojos oscuros—. En efecto, mi querido hombre se atrevió a dejarme. ¿Qué más hubiera podido hacer? ¿Dejarme atada sobre un hormiguero?

–¿Conoce usted a una chica llamada Elaine Greer?

–No. ¿Debería haberla tratado?

–¿Sabe alguna cosa de un tal Rocky?

–No. Tampoco conozco Rockys.

–¿Ha estado alguna vez en el Hotel Corbin?

–Ni siquiera lo había *oído* mencionar.

–¿Sabe de alguien que desease la muerte de Lambert?

–Sí. Yo. Y...

–A ver si colaboramos un poquito, ¿eh, señorita Nolan?

Aplastó su cigarrillo en la bandeja que había en el suelo y volvió a cruzar las piernas.

–Bueno, para empezar, ¿qué le parece ese chismoso de Dave Manning? –preguntó–. Odiaba a Harry, ¿sabe? Quiero decir que *realmente* le detestaba.

–¿Por qué?

–Míreme a mí, policía. Harry me quitó de su lado. ¿Le contó eso? ¡No, claro que no! –exclamó, y luego hizo una pausa llena de intención–. Dave lo tomó muy mal. *Muy* mal. Le dejó hecho pedazos. –Acto seguido, levantó una ceja y me sonrió–. ¿Se da cuenta de cómo empezó el asunto?

–Pero siguieron viviendo juntos a pesar de todo.

–¡Cielos! ¿Qué puede probar eso?

Le hice algunas preguntas más a la señorita Nolan, ninguna de las cuales me aportó nada nuevo. Y me levanté para salir.

–Gracias por su ayuda. Posiblemente vuelva para hablar con usted.

–Ah, de eso no me cabe la menor duda –contestó–. Y gracias a *usted* por traerme tan buenas noticias.

Cuando llegué a la jefatura, las manecillas del reloj colocado sobre el altavoz marcaban las 9.42. Stan Ryder se hallaba sentado frente a su escritorio aporreando una vetusta máquina de escribir. Mostraba un ligero gesto de sorpresa en el rostro, como si fuera la primera vez que veía un informe policiaco.

Colgué la chaqueta sobre el respaldo de mi silla y tomé asiento.

–¿Cómo te fue en el hotel? –le pregunté.

–Aislamos todo. La policía puso los sellos en la puerta y todo lo demás.

–¿Encontraste algo?

–No. Por lo menos en la habitación. Alguien limpió las huellas de la botella y los vasos, aunque de todas maneras los envié al laboratorio, con las otras cosas.

–Bien. ¿Qué hay del lápiz labial? ¿Pediste que investigaran la marca del joyero?

–Acabamos de recibir una llamada telefónica sobre eso –dijo, asintiendo con la cabeza–. Tenían la marca en sus archivos. El grabador vive en Brooklyn. Mandé a un hombre para ver si le podía localizar.

–¿Hablaste con el botones?

–Sí, ¡para lo que sirvió! Y lo mismo pasó con las encargadas de la limpieza. Tampoco estaban las personas que ocupan las habitaciones vecinas a la de Lambert. El encargado del puesto de periódicos, que se halla frente al hotel, parece ser que vio a la chica del vestido dorado. Aquella que te mencionó el recepcionista. Llegó alrededor de las cuatro, según sus cálculos, pero no sabe cuándo salió.

–¿Qué más obtuviste?

–Bien, hemos recibido un par de llamadas de alarma por parte de algunos negociantes de joyas. Parece ser que Harry Lambert sacó esta mañana, en consigna, gemas por un valor de cincuenta mil dólares –me informó. Luego hizo una pausa–. Puede que le hayan asesinado por eso, o tal vez no. Quizá pretendía desaparecer junto con ella. ¡Puede uno imaginar tantísimas cosas!

Le dije a Stan lo que me habían comunicado Dave Manning y Barbara Nolan; después telefoneé a la oficina del registro civil para que me dieran los datos de Dave Manning, Barbara Nolan, Elaine Greer, Mel Pearce y el mismo Harry Lambert.

Pocos minutos después, contestaron a mi llamada para informar de que no tenían datos de nadie excepto de Elaine Greer. Al comprobar las referencias cruzadas, habían descubierto que era la esposa de un ex convicto, llamado

Ralph Greer, que acababa de salir del Hospital Estatal para Criminales Dementes, situado en Mateawan.

Entre los antecedentes criminales de Ralph Greer se mencionaban imputaciones de robo mayor, asalto grave y extorsión. El único cómplice criminal suyo que mencionaban era Floyd Stoner, otro ex convicto, presuntamente domiciliado en la actualidad en el número 631 de la calle 74 Oeste. Se desconocía el paradero actual de Greer.

–Así que la nueva chica de Lambert es casada –comentó Stan cuando le pasé la información–. Y el esposo volvió a la calle hace apenas cuatro días. No me parece nada mal, Pete.

Llamé a Comunicaciones y pedí que se difundiera una orden de detención contra Ralph Greer; luego me levanté y cogí mi chaqueta.

–Me parece que la señora Greer se merece el honor de nuestra visita, Stan –indiqué socarronamente–. No debemos privarla de tal placer.

Pero las circunstancias no permitieron que ella disfrutara de ese placer. No estaba en casa.

Tuvimos la misma mala suerte cuando llegamos a la parte alta de la ciudad, en busca de Floyd Stoner, el cómplice de crímenes de Ralph Greer. Tampoco se hallaba en su domicilio.

–No damos una –comentó Stan al bajar las escaleras–. A este paso solucionaremos el caso en el momento en que nos concedan el retiro.

Acudí al teléfono público para solicitar que montaran vigilancia en torno a Elaine Greer y Floyd Stoner. Y organicé un sistema de control con agentes vestidos de paisano para que sus apartamentos estuvieran protegidos. Luego nos dirigimos a nuestro automóvil.

–Yo conduzco –dijo Stan, poniéndose al volante–. Me saca de quicio tu manera de llevar el coche. ¿Adónde vamos?

–Al doscientos dieciséis del oeste de Central Park.

–¿Quién vive ahí?

–Mel Pearce, el negociante de joyas que pensaba que Harry le había pisado una buena venta.

–Pobre Lambert –se lamentó Stan soltando un suspiro—. Tiene que existir alguna persona en esta ciudad que no quisiera matarle. ¿Quién podría ser?

Mel Pearce tenía cerca de cincuenta años, por lo que pude calcular. Era un hombre cubierto de canas, un tanto encorvado, con ojos salientes escudados tras unas gafas, sin marco, muy gruesas, brazos larguísimos y una facilidad para responder a todas las preguntas que le planteé, excepto a la de dónde se encontraba entre las cuatro y las cinco de la tarde.

Según sus propias palabras, había pasado el tiempo «simplemente paseando por el centro de la ciudad», para ver si lograba concretar algunos asuntos que tenía en proyecto.

En cuanto a los problemas que le habían enfrentado con Lambert, a causa de la venta de diamantes, en su opinión se trataba de un mal entendido. Comprendió su equivocación y pidió disculpas a Lambert. Y en eso había quedado el asunto.

Llamé a la Jefatura para ver si había algo nuevo. Y así fue.

El vigilante que habíamos mandado al edificio donde vivía Stoner acababa de telefonear para informar de que habían visto a un hombre, que respondía a la descripción del antiguo compañero de fechorías de Ralph Greer, entrando en el edificio.

Éste era una construcción de cinco plantas, cuyas ventanas del primer piso estaba selladas con papel adhesivo, y cuyo vestíbulo y escaleras se hallaban cubiertos de basuras de todo tipo. No hubo ningún problema para entrar. Alguien había colocado los restos de una guía telefónica contra la puerta, para que quedase abierta en un inútil esfuerzo por ventilar el lugar.

Llamé a la puerta del apartamento 301. Se escuchó un ruido proveniente de alguna habitación del fondo, pero nadie acudió a abrir. Volví a llamar. En aquella ocasión no se escuchó nada en absoluto.

—Policía —exclamé.

—Eres demasiado cortés —dijo Stan—. Tienes que poner más énfasis.

Se acercó a la puerta.

—¡Abran a la autoridad! —gritó con fuerza—. ¡Abran inmediatamente!

Pasaron cerca de quince segundos.

Le pedí a Stan que se alejara de la puerta.

—Quédate aquí —le ordené—. Yo iré por la escalera de incendios. Si escuchas algún ruido interesante, ábrete paso.

Subí hasta la azotea, bajé por las escaleras metálicas del exterior y me acomodé en el rellano que daba a las ventanas de la parte trasera del apartamento.

Había un espacio de doce milímetros entre la parte baja de la ventana y la cortinilla del interior. Me asomé por ahí, para observar lo que había dentro. La rubia de ojos ligeramente oblicuos, que yacía amordazada sobre la cama, era la misma de la fotografía que había visto en la casa de Dave Manning: Elaine Greer. Trataba de desatarse las toallas con que la habían atado, y tenía el vestido dorado subido hasta las caderas.

Intenté abrir la ventana. Estaba cerrada. Di un paso atrás y rompí el vidrio de una patada. Luego desenfundé mi revólver, salté al interior y corrí hasta la puerta del dormitorio.

La abrí justo en el momento en que Stan irrumpía por la puerta de entrada, en medio del estruendo de la madera astillada y con el revólver en la mano.

Nos quedamos mirándonos el uno al otro en medio del salón vacío.

—¿Qué demonios pasa? —preguntó Stan—. Escuché un ruido dentro, lo mismo que tú.

—Hay una chica amordazada en el dormitorio —informé—. Es Elaine Greer. El ruido que oímos era el que ella producía al tratar de librarse de las ligaduras.

—¿Elaine Greer?

—En un vestido dorado —asentí con la cabeza—. Idéntico al que llevaba la chica del Hotel Corbin.

El barullo había atraído a algunos vecinos del edificio, que se quedaron observándonos desde el pasillo con la boca abierta.

—Operación policiaca —les informé—. Hagan el favor de despejar el lugar.

La señora Greer estaba casi histérica. Pasaron varios minutos antes de que se calmara y pudiera hablar con nosotros. Aun así, tuvimos que retroceder un poco en el tiempo de la historia antes de que ella consiguiera darnos su versión.

Según nos explicó, había sido cómplice involuntaria de un falso secuestro. Su marido, de quien huía aterrorizada, se enteró de alguna manera de sus amoríos con Harry Lambert cuando aún estaba encerrado en el hospital para dementes. En el momento en que le soltaron, hacía cuatro días, fue en busca de su antiguo cómplice, Floyd Stoner, y juntos idearon la forma de sacar provecho de los sentimientos que Lambert profesaba a la señora Greer.

Los dos hombres la llevaron al apartamento de Stoner, donde, amenazándola de muerte si no obedecía, le forzaron a hacer la llamada telefónica a primeras horas de la mañana. De ésta nos había hablado Dave Manning. Le dijo a Lambert que la habían secuestrado y que la matarían a menos que él reuniera un rescate de diamantes fácilmente vendibles por un valor de 50.000 dólares. Se pretendía que aquél, cuyo seguro cubriría esa cantidad, denunciara que se los habían robado dos hombres armados que se habían metido dentro de su automóvil.

Lambert debería colocar las gemas en una bolsa de ante, tomar una habitación a su propio nombre en el Hotel Corbin y esperar una llamada telefónica en la cual se le darían más instrucciones. Sin embargo, cuando Ralph Greer llamó, Lambert no atendió el teléfono. Y eso le enfureció.

–Creí que me volvía loca –reconoció Elaine Greer–. Sabía que debía hacer algo para arreglar el asunto. Luego tuve ocasión de escapar del apartamento y lo hice.

–¿Y qué? –preguntó Stan.

–Había oído a mi esposo decir a Stoner cuál era su número de habitación en el Corbin. Tomé un taxi y me dirigí allí. Llamé varias veces a la puerta de la habitación, pero Harry no acudió a abrir. Entonces escuché un ruido detrás de mí. Y allí estaba mi marido, con un revólver en la mano. Por un momento pensé que me iba a matar antes de que yo dijera una palabra. Podía leerlo en su mirada. Pero luego guardó el arma y dijo algo sobre conseguir los diamantes como fuera. Abrió la puerta de Harry con un pedazo de plástico flexible. Lo introdujo entre la puerta y el quicio del umbral y...

–Conocemos el sistema –dijo Stan–. Continúe.

–Bien, pues la puerta se abrió de inmediato. Entramos y... ¡Harry yacía sobre la cama! ¡Estaba muerto! Debí de ponerme histérica, pues Ralph me dio una fuerte bofetada y me dijo que me calmara. Luego buscó los diamantes, pero no los encontró. Después volvió a golpearme y se colocó la chaqueta sobre el brazo, para que nadie pudiera ver que me estaba amenazando con una pistola. Y me metió de nuevo en un taxi.

–¿Por qué la amordazaron? –le preguntó Stan.

–Pensaban matarme. Se lo oí decir a Ralph. No querían que quedara nadie que pudiese contar lo que habían intentado hacer.

–¿Dónde están ahora?.–intervine yo.

–No lo sé. Se fueron hace veinte minutos.

Sus ojos se anegaron de lágrimas.

–Me forzaron a hacerlo –se justificó–. Me hubieran matado en el caso de que me hubiese negado. Estaban dispuestos a despacharme de todas formas.

Stan y yo nos quedamos callados observándola.

–¡Es verdad! –exclamó–. ¡Todo lo que les he contado es cierto!

Pedimos que pusieran más vigilancia dentro y en torno al edificio de apartamentos, reforzamos la orden de detención contra Greer y Stoner para que se cubriera todo el ámbito nacional, y luego condujimos a la señora Greer a la comisaría.

Cuando atravesábamos la sala de la jefatura en dirección a los cuartos de interrogatorio, me detuve con el fin de ver si había algo que tuviese relación con el crimen en el tablero de recados telefónicos o en la canastilla de trabajos.

Encontré un informe de laboratorio, en el que se indicaba que el lápiz labial que encontramos en la cama de Lambert y los restos adheridos al vaso eran idénticos. Sin embargo, la mancha que hallamos en el vaso no se había producido por el contacto con labios pintados sino embadurnándola con el dedo. Las pruebas vinieron a determinar que, en el momento de su defunción, la sangre de Lambert tenía una concentración de alcohol de 0,5 %.

Había un breve informe preliminar del médico forense en el que se indicaba, en esencia, que Lambert había fallecido a causa de un golpe propinado en la base de la nariz con algún objeto despuntado.

En el tablero de mensajes telefónicos también localicé una nota en la que se me rogaba que me comunicase con Ed Gault, el detective encargado de investigar la marca de joyero del lápiz labial que yo encontré en la cama de Lambert.

–Tenemos buenas noticias sobre ese lápiz labial, Pete –me informó Ed cuando, por fin, logré encontrarle–. No solamente he dado con el tipo que lo hizo, sino que también hablé con la chica que se lo encargó. Fue un regalo de un amigo suyo. Y el nombre aparece en la hoja de venta.

Había sido un error por parte de Ed, pues hubiera podido prevenir a un sospechoso de importancia; pero lo dejé pasar.

–¿Qué averiguaste? –le pregunté.

–La chica se llama Linda Cole. Vive en Pendleton, y es la embustera más hermosa que he visto, créeme. Acabó confesando que había estado en el Hotel Corbin y hasta llegó a admitir que quizá perdió allí el lápiz labial. Pero dice que estuvo en ese establecimiento hace casi un mes y que no ha vuelto a aparecer por allí desde entonces. ¡La misma historia de siempre! –concluyó entre risas.

–Gracias, Ed –le dije–. Ahora nos toca a nosotros.

Colgué el auricular y me quedé tamborileando con los dedos la superficie del escritorio. No cabía duda de que alguien había mentido, pero no me pareció que fuese Linda Cole.

Con un gesto le indiqué a la señora Greer que se sentara en la silla que había al lado de mi escritorio; luego me llevé a Stan a pocos pasos de distancia para informarle sobre las notas que me habían remitido y sobre mi conversación con Ed Gault.

Mi compañero movió la cabeza y, por una vez, pareció que realmente estaba sorprendido.

—Parece que a alguien le funciona mal la lengua, ¿no crees? —comentó—. Hay algo que no va.

—Asegúrate de que la señora Greer conoce sus derechos y procura que consiga un abogado.

—¿Vas a ir por allá?

—Sí.

—Te acompaño.

—No creo que haya problemas, Stan. Además, uno de nosotros debe estar aquí por si sucede algo con Greer y Stoner.

Bajé al primer piso, obtuve un automóvil y recorrí la escasa distancia que me separaba del Hotel Corbin.

Tampoco aquella vez había nadie detrás del mostrador, pero se veía luz debajo de la puerta de la habitación de Wayne Dobson. Me acerqué y pude escuchar a alguien que se movía dentro. Alcancé la puerta, di la vuelta muy lentamente al picaporte y la entreabrí.

El recepcionista iba y venía de su cama al tocador, haciendo su maleta. Estaba completamente vestido, como para salir a la calle, hasta el punto de que llevaba puesto el sombrero. Actuaba con rapidez, igual que si tuviera que hacer muchas cosas y dispusiera de poco tiempo.

—¿Nos deja usted, señor Dobson? —le pregunté nada más entrar al cuarto.

Giró rápidamente y quedó enfrente a mí. Por un momento dejó caer su mandíbula; sin embargo, se recuperó de inmediato.

—¿Qué es esto? —exclamó—. ¿Por qué no ha llamado a la puerta?

—Ya somos viejos amigos —le dije—. Pensé que me daría la bienvenida.

Había un sobre de una compañía aérea sobre el mostrador. Saqué el billete de avión y leí el nombre del titular. Estaba a nombre de «J. Jackson», y era para un vuelo a Los Ángeles.

—Además es de ida únicamente —comenté.

—Pertenece a un huésped del hotel. ¿Qué significa todo esto, Selby?

—Y esa maleta que está preparando, ¿también es de un huésped?

–Sea lo que sea, ¡a usted no le importa! ¿Hay alguna ley que me prohíba ir adonde yo quiera y cuando quiera?

–Tal vez –le advertí–. Obstaculizar una investigación por homicidio merece una grave imputación.

–¿Obstaculizar? ¿Qué le pasa a usted? ¿Qué es lo que he hecho yo?

–Usted me dijo que Harry Lambert recibió una llamada telefónica de alguien llamado Rocky, a las 3.50 de la tarde exactamente. Estaba muy seguro.

–¿Y qué?

–No hubo ningún Rocky, señor Dobson. Y Lambert nunca habló por teléfono. Era un ex alcohólico que no toleraba para nada el whisky, pero en su habitación consumió una gran cantidad. Y murió con una concentración de alcohol en la sangre del orden de 0,5 %. A las 3.50 estaba borracho, hasta tal punto que no podía hablar –le dije, e hice una pausa–. ¿Por qué mintió?

–Yo no lo hice. Yo...

–Y también está ese elegante lápiz labial que dejó usted en la cama del señor Lambert. Alguien lo perdió aquí hace un mes, y usted lo puso dentro de la caja de zapatos que hay debajo del mostrador. Ahí donde me pidió que le alcanzara el frasco de tabletas contra la acidez. Lo que pensó que era un lápiz labial corriente, resultó ser uno muy caro, hecho a mano y...

–¡Ya entiendo! –me interrumpió Dobson–. Usted cree que me puede incriminar falsamente por...

–Y otra cosa más –le desafié–. Usted embadurnó el vaso con el lápiz labial para hacernos creer que Lambert había estado acompañado por una mujer en su habitación. Esto me sorprende un poco, señor Dobson. ¿Por qué lo hizo?

–Yo... –empezó a decir el recepcionista, para luego apretar firmemente los labios y quedarse allí plantado, mirándome con fijeza.

Sin más, llegué hasta la cama y retiré la primera capa de ropa de la maleta. Y allí estaba sin lugar a dudas: ¡una bolsa de ante, no mucho más grande que las que utilizan los niños para guardar canicas!

Vi la bolsa en el mismo instante en que sentí la presión del revólver de Dobson contra mi espalda. Nos quedamos inmóviles, sin que ninguno de los dos nos decidiéramos a movernos o a hablar, durante diez segundos aproximadamente

–Métase en el cuarto de baño –me ordenó entonces Dobson–. Hágalo despacio, sin prisa.

–¿Para qué? –le pregunté–. El disparo se oirá igual allí que aquí.

–Muy despacio –insistió–. Vamos, Selby.

Me encogí de hombros, avancé un paso hacia el cuarto de baño. De pronto me dejé caer, buscando desesperadamente mi arma, y me levanté en cuanto toqué el suelo.

Dobson falló el primer disparo, pero el segundo me quemó la piel del bíceps izquierdo. Luego mi propia pistola saltó en mi mano y vi cómo el cuerpo de Dobson se sacudía repentinamente hacia atrás al recibir el impacto del plomo en el estómago.

Fue como una película a cámara lenta. La mano derecha del recepcionista descendió casi centímetro a centímetro, hasta que el revólver se le cayó de la mano. Y dobló primero un brazo y después otro en torno a su vientre. Y tambaleándose durante algunos segundos, se desplomó con mucha lentitud hasta quedar de rodillas.

Con una patada lancé el arma de Dobson debajo de la cama, enfundé la mía y saqué de la maleta dos camisetas que estaban limpias.

El recepcionista sólo estaba pendiente de la sangre que le salía del abdomen. Con los ojos vidriosos, observó cómo le colocaba una camiseta debajo del cinturón, para que le sirviera como una compresa. Y la otra la puse alrededor de mi propio brazo, donde su disparo me había desgarrado la piel. Luego me acerqué a la centralita telefónica para solicitar una ambulancia. Las detonaciones habían atraído a varios huéspedes hasta el vestíbulo, pero yo no les hice caso.

La ambulancia tardó ocho minutos en llegar. Ayudé al médico a meter la camilla, donde iba Dobson, en la parte de atrás, y me senté en el banco que quedaba enfrente.

El médico se acomodó a mi lado y, poco después, la ambulancia partió bajando de la acera.

–Me voy a morir –susurró Dobson con un tono casi exento de emoción–. Me mataste, Selby. Estoy agonizando.

No había una sola posibilidad entre mil de que falleciese, claro está. El médico abrió la boca para decírselo, pero yo le di una patada en el tobillo y volvió a cerrarla. Cuando una persona está convencida de que se va a ir al otro mundo, aunque no sea así, cualquier cosa que diga tiene total validez legal, como si fuera una confesión en el «lecho de muerte». Técnicamente se conoce como una declaración de moribundo. Mi trabajo consistía en obtener, como fuera, una declaración de este tipo.

–Supongo que habrá algunas cosas que quiera decirnos, señor Dobson –le dije–. Creo que es el momento adecuado.

Tirado en la camilla, me miró sin pestañear hasta que casi habíamos recorrido unos doscientos metros. Luego sus ojos se desviaron de los míos y con tristeza movió la cabeza de un lado a otro.

–Nunca debí aprender kárate –se quejó quedamente, como si hablara solo–. Si no lo hubiera hecho, Lambert estaría vivo todavía...

Su voz era débil y el tono sonaba a resignación; pero, al mismo tiempo, parecía firme y con un deje de ironía.

–¿Fue así como el joyero falleció? –le pregunté con naturalidad–. ¿De un golpe de kárate?

–Sí. Cuando vi todos esos diamantes, yo... –respiró profundamente, mantuvo el aliento por un momento y después lo soltó con un suspiro–. Pasaba por su habitación. La puerta se hallaba entreabierta, y pude verle en la cama con una botella en la mano. Pensé que era otro caso más de un ebrio que se olvidaba de cerrar la puerta. Y fui yo mismo a cerrarla; pero luego me fijé en los diamantes que había colocado sobre la colcha.

Esperé un poco. Como no prosiguió, le animé:

–¿Demasiada tentación?

Asintió con la cabeza.

—Sabía que era la única oportunidad que tendría en mi vida de hacerme rico. Siempre he tenido que luchar por cada centavo. Durante todo el tiempo he ido de un trabajo miserable a otro. Y yo... no sé. Pensé que me los podría llevar y que nadie se enteraría jamás.

—Y después, ¿qué pasó, Sr. Dobson? —pregunté.

—Metí los diamantes dentro de una bolsa de cuero que había allí y me dispuse a salir, pero el señor Lambert se movió un poco y yo... Como dije antes, nunca debí aprender kárate. Ni siquiera me paré a pensar en darle un golpe; simplemente lo hice. Supuse que estaba recobrando el conocimiento, y que me vería y... Debe usted comprenderme. De repente, fue como si los diamantes ya me perteneciesen. Ya no eran suyos, y estaba a punto de quitármelos.

—¿Y supuso usted que encubriría el asunto si le tiraba por la ventana?

—Sí. Pero eso no se me ocurrió hasta más tarde. Entonces regresé a su habitación y le arrojé al vacío.

Volvió a hacer una pausa, respirando con mayor lentitud. Su voz se debilitó.

—Lo demás sucedió como usted ha dicho: el lápiz labial, la llamada telefónica y todo lo demás. Supongo que resultó un trabajo muy torpe. Traté de desviar las sospechas, pero me sentía tan nervioso y consternado, y me dolía tanto la úlcera, que simplemente...

—Prosiga, señor Dobson —le ordené.

La ambulancia se estaba acercando al hospital. Me quedé sentado observando las luces de neón, que dejaban su rastro en las ventanillas, detrás de la camilla donde yacía Dobson. Y repentinamente sentí el cansancio en la médula de mis huesos. No me gustaba aquello de dejar a un hombre, ni a Dobson ni a nadie, con la impresión de que se estaba muriendo durante más tiempo del necesario.

—Bueno —le dije al médico que estaba a mi lado—, ahora ya le puedes contar la verdad.

El médico se inclinó, estudiando la cara de Dobson. Luego alargó una mano y le levantó un párpado.

—No lo ha resistido —dijo—. Está muerto.

Un reloj de más

Frank Sisk

Esa mañana, el joven Bolton llegó media hora tarde a la comisaría y le echó la culpa a su reloj.

—Se retrasa siempre, a menos que le des cuerda de una forma especial —se justificó ante Rinehart.

—No me lo digas a mí —le respondió el sargento con un deje de ironía—. Díselo al capitán. Le encanta escuchar cosas como ésa.

—¿Ya ha llegado, Rino?

—Puedes apostarte esa baratija de reloj a que ya está aquí, muchacho. Me ha entregado una lista de autos robados más larga que tu pierna.

—¿Se ha percatado de mi ausencia? —preguntó Bolton con evidente nerviosismo.

—Por decirlo de otra forma: no ha constatado tu presencia.

—¿Ha dicho algo?

—No ha emitido ninguna opinión sobre el asunto, pero, leyendo sus pensamientos, he entendido el mensaje.

—¿Sí?

—Vas a volver a llevar un traje azul, chico, con grandes botones brillantes. Y te van a encargar del tercer turno en la Avenida de los Pies Planos.

—¡Oye, sólo es la segunda vez que llego tarde en seis semanas! —aclaró el joven.

—Mira, un buen detective solamente se permite llegar tarde una vez en toda su vida. Alguien como tú, que está a prueba, ¡jamás!

—Entonces tendré que comprar otro reloj.

—Creo que te vendría bien.

Rinehart tomó la hoja amarilla del teleflex, con la relación de los crímenes de la noche anterior. Le esperaba en la canastilla de órdenes de trabajo sobre su destartalado escritorio. Le dio una rápida lectura.

–Hablando de relojes –le informó el sargento un poco después–, nunca le compres uno a un tipo bajito llamado Dominic L. Piano.

–¿Qué pretendes decirme con eso?

–Significa que el señor Piano puede estar moviéndose furtivamente por la ciudad, poniendo a la venta nueve espléndidos relojes, todos ellos robados, a la mitad de su precio real.

–Dominic L. Piano –sonrió Bolton–. ¡Vaya nombre! ¿Me estás tomando el pelo?

–Échale un vistazo al párrafo catorce –ordenó Rinehart.

Bolton tomó la hoja del teleflex y leyó lo que le habían indicado.

14.– Robo de noche del establecimiento Guthrie & Poole, Av. Lincoln 378. Entraron por la ventana trasera del sótano. Evitaron que la alarma sonase con un cortador de cristales y otro de alambre, y un tornillo para tierra. El demandante, A. E. Poole, propietario, aduce que descubrió el robo a medianoche cuando regresó a la tienda para recoger las gafas de lectura que se había dejado allí al cerrar a las 9 de la noche. Nueve relojes suizos. Valor de la venta al por menor: 2.733 dólares. Desaparecieron. Artículos de un valor similar en el mismo mostrador fueron respetados, al igual que unos diamantes de mucho más valor. Las marcas y números de serie están en el informe matutino entregado por el policía de turno, F. Josephson, del Tercer Precinto.

–Vale, pero ¿qué tiene Piano que ver con esto? –preguntó Bolton, devolviéndole la hoja a Rinehart.

–Chico, siempre me olvido de que estás muy verde –comentó el sargento.

–Celebro que te olvides, Rino.

–La firma de Piano se halla estampada por todo este trabajito, para cualquiera que tenga el más mínimo conocimiento de ese granuja.

–Anda, sé bueno y dame más datos.

–Es posible que lo haga cuando estemos en marcha –anunció Rinehart, poniéndose un viejo sombrero de fieltro sobre su incipiente calva.

Pocos minutos después, dentro del automóvil policiaco sin marcas de identificación, detrás de cuyo volante iba Bolton, Rinehart empezó a explayarse sobre la persona de Dominic L. Piano:

–La primera indicación de que el trabajo lo efectuó Dom hay que localizarla en la hora en que se llevó a cabo. Antes de la medianoche, generalmente entre las diez y las once. Ésas son las horas de Dom. Según parece, considera que, más tarde, las calles se encuentran demasiado silenciosas. El policía que hace la ronda puede escuchar el ruido que produce una llave de tuerca al caer, y seguramente detectar, con una linterna, a una escasa distancia. Y antes de las diez, siempre se corre el riesgo de que algún cretino, de buen comportamiento, esté haciendo horas extras a la luz de una lámpara, en el cuarto de atrás de su casa.

»La otra pista es la forma de entrar: una ventana trasera del sótano, especialmente si es muy pequeña. Dom es una persona diminuta, y generalmente estas ventanas no se hallan conectadas al sistema de alarma, debido a que nadie cree que pueda introducirse por ellas: un felino o Dominic L. Piano. Pero, en el caso de que esté conectada, nuestro amigo bajito resulta muy profesional si cuenta con las herramientas apropiadas. Así que ya lo tenemos en el interior con todo el contenido a su disposición. ¿Qué hará una vez esté dentro?

–¿Quieres contármelo? –preguntó Bolton por seguirle la corriente.

–Bueno, chico. Por un lado, nunca se deja llevar por la codicia. Es selectivo, casi exquisito. Lo único que le interesa son los relojes suizos, y de éstos, sólo los mejores. Probablemente es el mayor conocedor anónimo de la producción de esos relojes: «el inaudible movimiento de la precisión absoluta» le gusta decir a él mismo.

–¿De verdad se le ha oído eso?

–Espera a conocerle. En una ocasión me contó que el único reloj que merece la pena tener es aquel cuyo movimiento apenas se puede detectar con un estetoscopio. Así que lo único que roba son relojes suizos de calidad. Jamás toca las joyas. El mercado resulta demasiado limitado. Los traficantes de artículos robados pagan un máximo del veinticinco por ciento del precio de lista, y los clientes que compran en la calle no se atreven con los diamantes porque no saben cuál es la diferencia entre un quilate y un nabo. Además, una piedra ostentosa atrae la atención sobre el que la lleva, provoca comentarios y fomenta las investigaciones. Dominic L. Piano sabe todo esto muy bien y por eso se ha especializado. El reloj es una necesidad, va unido a la mano de un hombre o de una mujer. Y si es fino, con una marca que se puede presumir y se ofrece a mitad del precio normal, el mercado es amplio, chico, no lo olvides. Incluso los tipos que pululan en los billares y las boleras saben lo que vale un Movado, o un Eterna. Reconocen una ganga cuando se les ofrece. Así que Dominic no tiene problema alguno para deshacerse rápidamente de sus existencias y, además, en un mercado virtualmente abierto.

–Parece que sabe lo que se hace –reconoció Bolton.

–Eso es como decir que un plomero conoce su profesión porque puede limpiar una juntura –rectificó Rinehart con severidad.

–Ya me has entendido lo que he querido decir, Rino.

–Sé lo que tú quieres decir, chico; pero echa un vistazo a su historial. Dominic L. Piano es tan listo que, de los últimos doce años, ha pasado ocho rodeado de paredes de hormigón. Si nuestro pequeño conocedor prestara atención, por una vez, a su propio mecanismo interno con el mismo interés que pone en los relojes suizos, se daría cuenta enseguida de que está perdiendo el tiempo. Y que lo malogra mucho más rápidamente que tu reloj de pacotilla, chico. Créeme lo que te digo.

Bolton, pensativo, echó una mirada de reojo a Rinehart, pero no dijo nada.

–Aparca ahí –ordenó el sargento un minuto después.

El joven detective llevó el coche hasta la acera, que daba a un pequeño edificio de apartamentos de ladrillo amarillo. Un viejo y un niño pequeño se hallaban sentados en la escalera que conducía al vestíbulo. El cristal de la puerta de entrada ostentaba una gran cantidad de huellas digitales embadurnadas, que brillaban a la luz del sol.

—¿Aquí es donde vive Piano? —preguntó Bolton al bajarse del automóvil.

—Desde que dejó de vivir con el carcelero, aquí reside, sí —dijo Rinehart, mientras examinaba los nombres escritos en los buzones—. Aquí está nuestro chico. Apartamento trece.

—El número de la buena suerte.

—Puede ser que no.

La puerta de dentro no estaba cerrada. Los detectives caminaron sin prisas por el pasillo central, hediondo por culpa de la mezcla de olores de cera para pisos, coles hervidas y desinfectantes. Localizaron el apartamento de Piano al fondo, convenientemente próximo a la puerta de la salida posterior. Rinehart llamó en la puerta con la gentileza de una madre. No hubo respuesta. Una vez más, sus sólidos puños golpearon con delicadeza pero con el mismo resultado.

—Tiene un sueño profundo —dijo Bolton, sacando un impresionante manojo de llaves de su bolsillo.

—Guárdate eso, muchacho —le aconsejó Rinehart—. No tenemos autorización judicial.

—Pero a este tipo se le considera un criminal conocido, ¿no es así?

—Con los mismos derechos constitucionales que los demás delincuentes conocidos.

—Tú eres el que manda.

—Vete a buscar al portero y dile que traiga su llave maestra. Explícale que estamos haciendo una revisión de servicios de incendios para la oficina de los bomberos.

—Y con eso, ¿ya es legal?

—Más o menos.

Veinte minutos después, tras una metódica búsqueda por el apartamento de dos habitaciones y bajo la nublada mirada del bebedor de ginebra, que se hacía llamar Pearsons, los detectives declararon que el lugar estaba libre de todo riesgo de incendios. Y luego se marcharon.

De vuelta en el coche patrulla, Rinehart ordenó:

—Dirígete hasta el bar de Cooley, en la calle Siete. Es uno de los sitios que a Piano le gusta frecuentar.

—¿Es un bebedor mañanero?

—Es abstemio. Se emborracha con café negro. Pero casi todos los clientes de Cooley ostentan relojes obtenidos con unos fenomenales descuentos.

—¿Podemos probar eso?

—Solamente cuando le detengamos por algún otro delito. Incluso, si tenemos algo de suerte, en ocasiones podemos seguirle la pista hasta su fuente de origen, gracias a los números de serie, si es que el joyero ha guardado la lista de registro.

—Genial. Y luego, ¿qué?

—Bueno, el tipo del reloj robado nos dice que lo encontró en un basurero.

—¿No delatan a Piano?

—Nunca han oído hablar de él.

La pose de resignación largamente mantenida por Rinehart desapareció de pronto.

—Oye, chico, mira ese automóvil verde que se aproxima. Me refiero al convertible.

—¿Qué ocurre, Rino?

—Lee la matrícula.

—Cu, equis, dos, seis, cinco, tres —repitió Bolton automáticamente.

—Síguelo de cerca —le ordenó Rinehart, sacando un ajado cuaderno del bolsillo de su chaqueta.

El joven detective dio, como un experto, una vuelta en U con los neumáticos chirriando sobre el asfalto.

—Dejamos a Piano por los carricoches. Cambias de parecer con mucho estilo, sargento.

Rinehart estaba descifrando sus jeroglíficos particulares en el cuaderno.

—Cu, equis, dos, seis, cinco, tres. ¿Correcto?

—Sí —dijo Bolton.

—No cabe duda de que es el auto de Piano.

—¿Cómo lo sabes?

—Esta mañana investigué en el departamento de Vehículos de Motor, en cuanto leí la lista de asaltos en el informe. Dom siempre sintió una gran atracción por los convertibles último modelo.

Bolton comentó con sincera admiración:

–Estás muy al tanto, Rino. Debo reconocerlo.

–Es que pongo el despertador y llego a tiempo al trabajo –le replicó Rinehart con ironía.

–¡Ay, eso duele!

–Pero aprieta el acelerador, chico. Quiero ver quién conduce ese coche.

–¿No es Piano?

–Creo que me he equivocado.

Bolton aumentó la velocidad del coche patrulla. El conductor del descapotable era de los que miran por el espejo retrovisor, pues respondió con un repentino acelerón. De pronto, ambos automóviles empezaron a correr por la calle Charles a más de noventa kilómetros por hora.

–El tipo es un profesional –comentó Rinehart–. Ahora ya sabe que no somos simples ciudadanos jugando a echar carreras.

–Le va a tocar un disco rojo en la próxima esquina –avisó Bolton, mirando hacia adelante.

–Se lo va a saltar –dijo el sargento.

Y tenía razón.

Sin embargo, al despreciar la luz roja, el auto tuvo que dar una curva cerrada, para evitar estrellarse contra una camioneta de carga que cruzaba inocentemente la intersección de las calles. Empezó a dar tumbos, sin control, hasta que chocó contra un poste de luz con la parte trasera del lado derecho, con lo cual se detuvo con unas espasmódicas sacudidas. Luego el conductor saltó del automóvil y se metió corriendo en un callejón. Había desaparecido sin dejar rastro en el momento en que Rinehart, pistola en mano, corría hacia él tratando de alcanzarle.

Después de aceptar su fracaso, el sargento condujo el convertible hasta la jefatura, protegiendo el volante con un pañuelo para no borrar posibles huellas dactilares. Bolton le siguió con el coche patrulla hasta el interior del garaje de la policía.

—Registra el portaequipajes, chico —dijo el superior—. No hay nada en la guantera.

Debajo de la llanta de repuesto, Bolton encontró una bolsa de ante que contenía varios relojes suizos.

—Hay que ver, sargento. Realmente diste en el clavo con ese tipo.

Rinehart salió de debajo del capó del motor, porque había estado examinando con una lupa el número de registro del motor.

—Parece que es nuestro día de suerte —comentó mientras se limpiaba con un pañuelo las manchas de grasa de los dedos—. A menos que me empiecen a fallar mis corazonadas, se trata de un coche robado.

Sonriente, sacó una lista de su bolsillo y lo comprobó.

—Hace un mes, cuando su propietario denunció el robo, este auto era negro.

—¿Y coinciden los números del motor? —preguntó Bolton.

—Eso nos lo dirán más tarde los muchachos del ácido. Borraron los números con una lima, pero el que se encargó de hacerlo se olvidó de las dos últimas cifras. Con esfuerzo, creo que eran un nueve y un cero, lo cual coincide con los últimos números del registro del motor del convertible negro que robaron hace un mes. El modelo y el año de fabricación también coinciden.

Arriba, en la jefatura de policía, Rinehart y Bolton se encontraron con un pequeño hombre, elegantemente ataviado con un traje de lana, que estaba presentando una denuncia ante el secretario del departamento. Resultó que había estacionado su coche, un convertible color verde recién comprado, junto al bar de Cooley, en la calle Siete, durante unos cinco minutos; pero al regresar...

—¡Hombre, si es el «señorito» D. L. Piano! —exclamó Rinehart, dándole una afectuosa palmada en los hombros.

El ladrón de relojes suizos se volvió hacia el sargento esbozando una nerviosa sonrisa.

—Buenos días. Hace tiempo que no nos veíamos, ¿verdad?

—Hará cerca de dos años —contestó Rinehart—. Quitando los cuatro meses que te concedieron por buen comportamiento.

Piano se esforzó por volver a sonreír.

–Tiene usted muy buen humor, sargento, como siempre.

–¡Oh, gracias, Dom! Y ahora tengo el placer de darte buenas noticias. ¡A que no lo adivinas!

–Me temo que no estoy de humor para jugar a las adivinanzas en este momento –se disculpó el pequeño hombre con un tono apesadumbrado–. Acabo de sufrir una experiencia muy desagradable.

–A ver si yo lo adivino –dijo Rinehart–. ¿Algún delincuente te acaba de robar tu nuevo automóvil?

Los ojos castaño claro de Piano se abrieron desmesuradamente.

–Es usted una caja de sorpresas, como ya he podido comprobar con anterioridad.

–Y otra noticia agradable para ti, Dom. Ya lo hemos recuperado.

–Señor, ¡es increíble! Pero si yo aún no acabo de presentar mi denuncia.

–Y una cosita más, Dominic... Pero espera un segundo. Creo que no te han presentado al detective Bolton, ¿verdad? –preguntó Rinehart.

–No he tenido ese placer.

–Bueno, Dom, si te fijas en lo que el detective Bolton lleva en la mano, quizá no sea un placer tan grande para ti.

Piano vio la bolsa de ante, y sus cuidadas facciones se descompusieron.

–Sea por Dios –fue todo lo que pudo decir, al mismo tiempo que una capa húmeda cubría el iris castaño claro de cada uno de sus ojos.

Rinehart le permitió a Bolton que diese los toques finales del caso, como un maestro que supervisa el examen final de su discípulo. Y el joven detective en prueba se desenvolvió bastante bien.

Cuando se sentó con Piano en el cuarto de interrogatorios, no le mencionó inmediatamente los relojes suizos. Simplemente colocó la bolsa de ante sobre la mesa que les separaba. Era una buena técnica.

—Bien, en cuanto a su coche, ¿sabía usted que era robado? —empezó preguntándole.

—Claro que lo sabía —contestó Piano—. Por eso me presenté aquí por mi propia voluntad, para...

—Acaso estoy yendo demasiado rápido para usted, señor Piano. ¿Sabía que se lo habían robado a su anterior dueño hace casi un mes?

El soplo de una pluma hubiera bastado para derrumbar al pequeño sujeto.

—Supongo que adquirió el auto de un vendedor respetable.

—Bueno, más bien se trató de una compra entre particulares.

—Sin duda posee el contrato de la misma.

—Por supuesto. En caso contrario, no se habría podido registrar el coche.

—¿Y cuánto pagó usted por el vehículo, señor Piano?

—Le bastará con saber que fue un ventajoso trato.

—¡Basta de rodeos! ¿Cuánto?

—Mil quinientos. Al contado. Todo en billetes.

Bolton movió la cabeza en un gesto de cansancio, que imitaba a Rinehart, y prosiguió:

—¿No le pareció sospechoso adquirir un coche casi nuevo, de un valor aproximado de cuatro mil dólares, por menos de la mitad?

—Bueno, ahora que lo dice...

En el transcurso de una hora, Dominic L. Piano le ofreció a Bolton, a cambio de unas vagas promesas de no apretarle demasiado las tuercas por el robo de los relojes, la suficiente información como para iniciar el desmantelamiento de una banda de ladrones de automóviles.

—Yo me encargaré de la acusación formal, chico —intervino finalmente Rinehart—. Tú quédate aquí y redacta el informe, ahora que lo tienes todo fresco en la cabeza.

Pocos minutos después, se encontraba fuera del cuarto de interrogatorios, observando a su ayudante a través del espejo falso. Bolton acababa de sacar los relojes del interior de la bolsa de ante. Y los estaba colocando en una brillante fila sobre la negra cubierta de la mesa. Los contó. Luego repitió la operación.

«Diez –pensó Rinehart para sus adentros–. Sí, muchacho. Son diez. No son nueve, como se indica en el informe. Así es como el capitán realmente pone a prueba a los nuevos.»

Bolton escogió uno de los relojes y se lo puso en la muñeca, al lado del suyo, que se atrasaba si no le daban cuerda de una manera especial.

«No me decepciones, chico –rezó Rinehart–. Porque me parece que tienes madera.»

El joven detective metió el reloj en la bolsa de ante y luego introdujo los demás tras mover la cabeza en silencio. Rinehart abrió la puerta y entró en la habitación.

–¿Sabes, Rino? –dijo Bolton–. Hay un reloj de más. Diez en total. No nueve, como viene en el informe de la mañana. Alguien metió la pata.

–¡Qué extraño! –bromeó Rinehart–. ¡Vamos a decírselo al capitán!

Una victoria familiar

Elijah Ellis

–Me temo que está usted mintiendo, señor Hastings –dijo el teniente de policía suavemente.

Tanto que, en un principio, no comprendí el sentido de sus palabras. Luego lo vi con claridad.

Me senté en el borde de la silla y traté de aguantar su mirada. Era un hombre grande y ajado, con gesto irónico en los labios y oscuras ojeras. Tendría mi edad, cuarenta años, más o menos.

–No, mire usted –me quejé tratando de parecer indignado.

–Cuidado, el que debe estar atento es usted –me respondió secamente el teniente–. Podemos probar que ha mentido en un par de detalles. Y eso tira por tierra toda esa historia que nos ha contado sobre lo que le sucedió a su esposa esta tarde. ¡Ha metido la pata, Hastings!

Estudié el dibujo de la alfombra marrón y gris que se hallaba bajo los pies. Allí no había nada que me pudiera ayudar. Experimenté una agobiante sensación de fracaso, algo que era usual en mí, pero insistí:

–Le he contado la verdad.

Ninguno de los detectives, el teniente Snyder y el sargento Corsi, se molestaron en responder. Nos encontrábamos los tres en la sala de estar de mi apartamento. Era casi la medianoche, y yo me sentía cansado, casi agotado; y tenía miedo, aunque no por el hecho de que me interrogaran. Todavía no se me había ocurrido que me pudieran acusar del asesinato de mi esposa.

En aquel momento, el sargento Corsi habló por primera vez desde que los dos habían entrado allí hacía quince minutos:

–¿Por qué no nos dice lo que ha pasado aquí realmente? Quítese ese peso de encima. Se sentirá mucho mejor.

Sacudí la cabeza negativamente.

—Bueno. Vamos a repetirlo una vez más —insistió el teniente Snyder—. Usted llegó a casa poco después de las cinco de la tarde. Su esposa no estaba en el apartamento. Observó que la puerta posterior de la cocina estaba abierta, así que salió al pequeño porche. Vio a su esposa caída al pie de las escaleras de servicio. Bajó corriendo y descubrió que estaba muerta. Evidentemente, a causa de la caída. ¿Estoy en lo cierto?

Me froté la cara con una mano.

—Ya le he contado todo cuando me interrogó anteriormente. Se lo repetí una y otra vez; sin embargo, todavía duda de...

—¿Ah, sí?

—Sí, ¡en efecto! —exclamé.

—No, se equivoca. A usted se le vio entrar a las cuatro y media en este edificio, y no a las cinco en punto.

—Bueno, puedo haberme equivocado al calcular la hora.

—Sí, por media hora o unos buenos cuarenta y cinco minutos... Usted encontró a su esposa tirada frente a las escaleras de servicio. Dio por sentado que se había caído. ¿Cierto?

Asentí con suspicacia.

—Pues tampoco —replicó el sargento Corsi—. Ah, no cabe duda de que cayó; ¡pero ya estaba muerta en aquel momento!

—¿Cómo...? —balbucí.

—¿Por qué lo sabemos? —me interrumpió el teniente Snyder—. Gracias al médico forense. Su mujer falleció por estrangulamiento, señor Hastings. Murió a las tres de la tarde aproximadamente, más de dos horas antes de «ésa» en la que usted dice que la encontró.

Sentí cómo rodaban por mi rostro gruesas gotas de sudor. No había pensado en aquello. Me entró un pánico tal, que no pensé en nada más que en sacar el cuerpo de Mary del apartamento y aparentar que había sido un accidente.

Sí, realmente metí la pata.

—Y le ruego que no pretenda decirnos que la deben haber asesinado en el patio trasero donde usted la encontró. Las personas que ocupan el apartamento que da a la calle, justo debajo del suyo, unos tales señor y señora Brown, entraron por allí pocos minutos antes de las cinco. Y hubieran tenido que saltar sobre ella para llegar a la puerta posterior de su casa. No sucedió así. ¿Qué dice sobre esto, Hastings?

—No lo sé —contesté, mientras trataba desesperadamente de encontrar alguna explicación convincente, pero mi cerebro parecía paralizado.

—¿Insiste en hacernos creer que nos cuenta la verdad?

—Sí. ¡Sí!

—Como usted quiera, entonces —dijo Corsi.

Y los detectives se pusieron de pie.

—Queda usted detenido, señor Hastings, por el asesinato de su esposa Marie Hastings. Le advierto que tiene usted derecho a nombrar a un abogado, y no está obligado a hacer ninguna declaración... —me informó el teniente Snyder.

Continuó hablando, pero yo ya no lo escuchaba. Aunque parezca increíble, hasta aquel momento no se me había ocurrido que me pudieran considerar sospechoso de haber matado a Marie.

Aturdido, permití que los detectives me condujeran fuera del apartamento. Esperé a que Corbin apagara las luces y cerrara la puerta, para luego salir del edificio y llegar hasta el coche.

—¿Por qué la mataste? —me preguntó Corsi con voz suave, sentándose a mi lado cuando íbamos hacia la jefatura—. ¿Fue un impulso repentino? Hombre, eso lo puede entender cualquiera. Mi mujer y yo nos llevamos como el perro y el gato.

Volví la cabeza, realmente asombrado, para mirar al teniente Snyder.

—Yo no la maté. La amaba más que a nada en el mundo. No me podía ni siquiera imaginar que le fuese a causar daño. ¡La amaba!

Aquella verdad resultaba tan todopoderosa, que había sido la causa de que yo no pudiera admitir una realidad distinta referida a ella; ni siquiera para mí mismo.

En la jefatura de policía el interrogatorio se inició con mucha presión, tras ofrecerme las habituales explicaciones sobre cuáles eran mis derechos, hacerme firmar mi renuncia de esos derechos, y ofrecerme unas aclaraciones tan pesadamente largas que en otras circunstancias hasta podrían haber resultado divertidas.

Insistí en mi versión, y solamente admití haberme equivocado acerca de la hora en que llegué a mi casa.

En un par de ocasiones me percaté de que el sargento Corsi se quedaba mirándome fijamente, arrugando la frente como si estuviera tratando, sin éxito, de entender cómo era yo.

Finalmente, a las cuatro de la mañana, me ficharon como a un detenido. Me metieron en una celda y me dejaron solo. Estaba tan cansado que no me podía poner de pie; tampoco me era posible dormir. Lo que hice fue sentarme en el borde del camastro y fumar un cigarrillo tras otro. Con pocas ganas, me puse a pensar sobre lo sucedido la tarde anterior, a reconstruirlo en mi mente.

Había estado en la ciudad durante casi todo el día por motivos de negocios. Y cuando regresé a casa, conduje directamente sin detenerme en la oficina. Yo trabajaba en una empresa de relaciones públicas, que representaba a algunos pequeños hombres de negocios. Había sido un día asqueroso, como siempre. Y me sentía deprimido y de mal humor al abrir con mis llaves la puerta del apartamento.

Lo primero que vi al entrar fue a mi esposa. Se encontraba tirada en el piso de la sala de estar, cerca del sofá. Su rostro quedaba del lado contrario, cubierto por su cabellera oscura llena de destellos y, al principio, pensé que estaba dormida.

Me arrodillé a su lado. Y de una forma muy vaga vi que únicamente llevaba puesta la ropa de noche: un transparente camisón que no le había visto puesto desde nuestra luna de miel, hacía año y medio.

—¡Marie! —exclamé anonadado—. ¿Qué ha sucedido...?

Entonces contemplé su rostro, y los moratones que estropeaban la blancura de su cuello. Ciegamente, busqué su muñeca para detectar el pulso; estaba muerta. Su carne se notaba fría al tacto. Durante un buen espacio de tiempo permanecí sentado a su lado, en cuclillas, mirando fijamente su rostro, bello incluso en la muerte.

Finalmente, reaccioné lo suficiente como para echar un vistazo alrededor de la habitación. Había una silla volcada en el suelo, única señal de que allí se había librado una lucha. Encontré dos vasos altos, medio vacíos, sobre la mesita de café, y un cenicero con algunas colillas. No eran de la marca que yo compro, y mi mujer no fumaba.

Con parsimonia, me puse de pie y crucé el umbral de la puerta que comunicaba con nuestro dormitorio. Aquella mañana, cuando salí, nuestra cama estaba hecha. En ese momento, no.

—¡Basta! —susurré moviendo violentamente la cabeza—. ¡Me niego a aceptarlo!

Muchas cosas que había rehusado aceptar durante los últimos meses de vida con Marie: las miradas de reojo, la forma de comportarse cuando tenía que ausentarme de la ciudad una noche por cuestiones de negocios... ¡Pero yo, sencillamente, no podía, me negaba que hubiera otro hombre! ¡Que mi mujer tenía un amante...!

Había fracasado en todas mis tentativas: pequeños errores mezquinos y acuciantes, sin beneficiarme ni siquiera de la redención de una tragedia: ¡en la escuela, en los negocios y ahora aquello...! ¡Fracasar como hombre!

Si yo hubiese querido admitir que era incapaz de retener a mi mujer, ¿qué me habría quedado? ¡Nada, sencillamente nada!

Me dirigí a la cama y, rápidamente, estiré las sábanas, extendí la colcha sobre las almohadas y alisé las arrugas. Luego, todavía actuando de una forma inconsciente, regresé al cuarto de estar. Levanté la silla que seguía tirada. Vacié el cenicero y lavé los dos vasos, para guardarlos posteriormente en la cocina. Repasé todo el apartamento, pero no había nada más que estuviera fuera de lugar.

Solamente quedaba Marie.

Volví a ponerme de rodillas a su lado.

—Ha sido por mi culpa —me lamenté—. Te amaba. Siento mucho que no fuese suficiente...

Por última vez, la tomé en mis brazos. La llevé hasta el pequeño porche trasero. No se veía a nadie en el patio de abajo, ni sobre el piso de ladrillo. Me coloqué ante la empinada inclinación de las escaleras, cerré los ojos y solté el cuerpo fláccido de mi amada.

Luego regresé al interior del apartamento y telefoneé a la policía.

—Ha ocurrido un accidente —comuniqué—. ¡Un horrible accidente...!

Eran las cinco y cuarto. Puedo decir honestamente que no sabía que llevaba cuarenta y cinco minutos en el apartamento.

Llegó la policía con el teniente Snyder a la cabeza. Al principio, él y los demás se mostraron bastante solidarios conmigo. Parecían convencidos, por mi relación de los hechos, de que Marie realmente había estado en el pequeño porche y, por alguna razón, había perdido el equilibrio y se había caído por las escaleras de servicio. Se fueron alrededor de las siete de la tarde.

Todavía no estoy seguro de lo que hice durante el tiempo que pasó hasta el retorno de Snyder y Corsi. Recuerdo vagamente que me puse a deambular por todo el apartamento silencioso, para regresar una y otra vez al dormitorio, donde me quedaba mirando hacia la cama, que ya estaba hecha.

No lo sé. Supongo que estuve tratando de convencerme de que les había contado la verdad a los policías, y que todo lo demás era producto de mi imaginación, de que ya no existían indicios de que Marie estuvo en compañía de otro hombre... ¡Realmente no había sucedido nada aquella tarde!

¿Loco? ¿Quién lo puede afirmar a menos que haya vivido mi misma situación y con esos mismos antecedentes de eterno fracaso personal?

Aunque pueda parecer extraño, no percibí ninguna sensación de odio o rabia contra el hombre que había hecho el amor con mi mujer... ¡para asesinarla posteriormente! No tenía la menor idea de quién podría ser. Alguien que pertenecía al pasado de ella, acaso un hombre que yo conocía y consideraba mi amigo.

No lo sabía... ¡y quería enterarme!

En aquel momento, en la pequeña y solitaria celda de la prisión municipal, apagué mi último cigarrillo contra el suelo de hormigón. Y me recosté en el camastro tratando de conciliar el sueño.

Una hora después, vinieron a buscarme para proceder a un nuevo interrogatorio. Al principio me esforcé por contestar a sus preguntas, pero después de un rato simplemente me quedé mirando al espacio vacío, en aquel sucio cuarto, que apestaba a tabaco, del segundo piso de la cárcel.

Por último, el teniente Snyder levantó las manos y me espetó:

—Hastings, enfrentémonos a los hechos. O mató usted a su esposa o está tratando de encubrir al asesino. ¡En cualquier caso, usted es culpable!

—Sí —susurré ante mi propia sorpresa—. ¡Tiene razón... soy culpable! ¡Ahora déjeme en paz!

Durante la pausa de silencio que provoqué, me fijé en el rostro de Corsi. Me estaba observando de la misma manera que lo había hecho la noche anterior: una mirada confundida, insatisfecha; pero ya no me molestó.

Estaba disfrutando la ola de alivio que me había invadido repentinamente. Yo era culpable de ser un hombre inútil y absurdo... ¡a quien la esposa a la que tanto quería le había tomado el pelo! ¡Y para mí aquello era mucho peor que ser considerado un asesino!

Por fin me permitieron regresar a mi celda. No me volvieron a importunar durante varias horas. Llegó la hora de comer y descubrí que me sentía hambriento, que tenía ansias de alimentarme, incluso con la poco apetecible porquería que el carcelero me entregaba en un plato de metal junto con una cucharilla de plástico.

Después de engullir todo aquello, sorbí un poco de café negro de una taza de metal y me fumé un cigarrillo. Me sentí casi a gusto.

Realmente, no sé cómo explicarlo. Allí estaba yo, acusado de homicidio en primer grado, con todas las posibilidades de quedarme en prisión para el resto de mis días por un crimen que no había cometido, y que no hubiese sido capaz de llevar a cabo jamás.

Mi vida estaba arruinada. Me despreciarían mis familiares y los pocos amigos que me quedaban. Miles, millones de personas, que jamás me habían visto ni oído hablar de mí antes, me maldecirían por asesino... ¡Pero nadie se reiría de mí!

¿El verdadero asesino? Yo pensaba que se encontraría demasiado preocupado por conservar su propio pellejo como para perder el tiempo riéndose de mí o de cualquier otra persona.

Sí... Realmente me sentía bien.

Luego, al caer la tarde, el sargento Corsi apareció en el pasillo que daba a mi celda. Venía solo.

–Quiero consultar algo con usted –me dijo.

Examiné su rostro estrecho y moreno.

–¿De qué se trata? –le pregunté.

–Nos dijo que llegó a casa alrededor de las dos y media de la tarde de ayer. Usted y la señora Hastings se pusieron a discutir sobre los gastos... Ella quería comprarse un abrigo de pieles, entre otras cosas. Finalmente, usted se enfureció. La asió del cuello y la estranguló. Cuando se dio cuenta de que estaba muerta...

–Me dejé llevar por el pánico –insistí–. Salí corriendo y me puse a dar vueltas en el coche por toda la ciudad; trataba de idear la manera de escapar del asunto.

–Ajá. Así que pretendió aparentar que había sido un accidente. Pensó que era mejor que huir. ¿Me equivoco?

Asentí y él se dio la vuelta abruptamente y salió.

Me quedé parado en el umbral durante unos momentos, agarrado a los helados barrotes y confundido. No estaba seguro de albergar unos sentimientos demasiado buenos hacia el sargento Corsi.

En realidad me encontraba todavía en los suburbios de la ciudad a las dos y media de la tarde del día anterior. Mi última entrevista había concluido a las dos. Y pasé la hora siguiente en un bar, rumiando tristes pensamientos a la vez que consumía un par de bebidas. Jamás había estado en aquel local, así que no había ninguna razón para que alguien me recordara.

Encogiéndome de hombros, me senté en el camastro, en espera de la cena. Y me puse a pensar en Marie.

Era tan bella, tan increíblemente hermosa... Me era difícil admitir que no la volvería a ver, que nunca más rodearía su cuerpo con mis brazos. Y sin embargo...

Me recosté sobre el camastro.

Sí, la había amado, pero, en el fondo, no me dolía que estuviera muerta. En aquel momento era mía para siempre. Toda ella me pertenecía. De alguna manera se encontraba más cerca de mí que nunca...

Lentamente, encendí un cigarrillo y empecé a fumar. Cerré los ojos y me imaginé a Marie mirándome con sensualidad. Se acercaba a mí, con los brazos abiertos y con una insinuación reflejada en sus pupilas.

—¡Querida! —suspiré—. ¡Te amo tanto!

Pasó la noche, el día siguiente y otra noche. Nadie vino a verme, excepto el carcelero con la comida. Descubrí que, después de todo, la prisión no estaba tan mal.

No estaba obligado a tomar ninguna decisión, ni a solucionar ningún problema de negocios, ni siquiera a cumplir con mis compromisos anteriores. Allí había perdido la posibilidad de resolver conflictos, aunque quisiera. Así que, ¿cuál era mi problema?

Nunca había formado parte del ejército, pero algunos amigos intentaron explicarme la paradójica libertad de la reglamentación. Todo resultaba tan sencillo cuando no tenías que pensar en lo que debes hacer tú mismo, cuando únicamente debes obedecer órdenes...

Por primera vez, yo mismo entendía lo que me estaba diciendo. Comprendí que casi tenía ganas de que me mandasen a la prisión.

A fin de cuentas, en aquel instante en que Marie sólo tenía vida en mi imaginación, ¿qué tipo de ayuda podía esperar del mundo exterior? ¡Nada!

A media mañana del día siguiente, el tercero que pasaba en la cárcel, me vinieron a visitar dos agentes que no conocía. No fueron agresivos; se limitaron a negar con unos movimientos de cabeza todo lo que yo les preguntaba. De hecho, uno de ellos sonreía cuando salimos de la prisión y atravesamos un espacio de jardín donde el sol pegaba fuerte. Mantuvieron esta actitud hasta que llegamos a la jefatura de policía. Tras soportar la penumbra de mi celda, la candente luz del sol me hizo daño a la vista.

Me introdujeron en un despacho repleto de personas. El teniente Snyder se acercó a nosotros, mostrando una sonrisa de desconsuelo en los labios.

–No sé qué es lo que tengo que hacer con usted –me reprochó–. Le debería propinar un puñetazo, pero hay...

Miré a mi alrededor sin entender nada.

El sargento Corsi, apoyado contra la puerta, me dedicó un gesto burlón con la cabeza.

–Puede darle las gracias al sargento Corsi por haberle salvado –comunicó Snyder–. Por alguna razón, no creyó en sus confesiones.

–Yo no sé... –susurré confuso.

–¿Recuerda cuando le trajimos aquí detenido? –preguntó Corsi–. Usted me dijo que amaba a su mujer. Y posteriormente no me tragué la idea de que estuviera simulando ese amor. Ni siquiera después de todo lo que nos contó posteriormente.

Yo seguía sin comprender lo que allí estaba pasando.

–En sus horas libres, Corsi indagó profundamente sobre lo que usted había declarado –contó Snyder–. Señor Hastings, él descubrió el bar en Perryville donde nos dijo usted que estuvo a la hora en que su esposa fue asesinada. Todo lo que siguió hizo que el trabajo nos resultara muy fácil.

Cerca de mí había una silla que nadie ocupaba. Me dirigí hacia allí, me senté y hundí el rostro entre mis manos.

–Cuando estuvimos seguros de que usted era inocente, la investigación se convirtió en una sencilla cuestión rutinaria –me informó Corsi, con voz queda–. Al examinar la vida anterior de su esposa, sus amigos y todo lo demás, surgió un nombre: Thomas Derrick. ¿Le conoce usted?

Sacudí la cabeza negativamente sin decir una sola palabra.

–Ajá. Pues su esposa sí le trataba. Derrick se derrumbó en cuanto le presionamos. Había estado viendo a Marie pero, luego, quiso romper con ella. Y ella no lo permitió. Así que él se enfadó y la asesinó.

–Lo que nunca podré entender es la razón por la que este tipo llegó a declararse culpable –dijo uno de los hombres que acababan de llegar.

Levanté la cabeza para mirar al teniente Snyder.

–Ahora todo el mundo sabrá lo de mi mujer y ese tal Derrick.

–Bueno, sí, claro está, señor Manning. Pero usted quedará en libertad.

Tendí la mirada hacia el suelo, y me apabulló un negro sentimiento de derrota. Había fracasado una vez más. Me levanté y me aproximé a Corsi.

–Gracias, sargento –le dije–. ¡Muchísimas gracias!

No sé si él llegó a ver el inmenso odio que había en mis ojos.

Un jurado formado por una sola persona

Talmage Powell

Me di cuenta al instante de que el fiscal quería que la señora Clevenger formara parte del jurado.

Mientras hacía como si estuviera escuchando a mi abogado, cuando interrogaba a un hombre candidato a formar parte del jurado, el fiscal estudiaba a la señora Clevenger. La estaba escrutando de reojo.

Había sequedad en mi garganta, el estómago se me revolvía... Me estaban procesando, y mi vida estaba en juego. En aquel Estado, el asesinato conllevaba la pena capital. Y no utilizaban algo misericordioso y limpio como la cámara de gas. Le hacían a uno darse un largo paseo, para sentarle en una silla eléctrica con el fin de electrocutarle.

Aquélla me parecía una hermosa mañana de primavera. Las altas ventanas del recinto abovedado se encontraban abiertas, y entraba una brisa suave y perezosa. Durante día y medio los abogados habían estado dedicados al asunto de la conformación del jurado. Hablaban con voces quedas y sin apresuramientos. El juez, obeso y calvo, parecía adormilado, como si sus pensamientos vagaran en torno a los ríos donde se pescan las truchas. Hasta aquel momento, el asunto se había llevado de forma improvisada, casi informal. Pensando en los cambios que ese tiempo había provocado en mi interior, me preguntaba si sería capaz de permanecer sentado durante todo el proceso, sin ponerme a dar gritos y a tratar de escapar por una de las ventanas.

Para desviar los pensamientos sobre mi persona, volví el rostro lo suficiente como para mirar de nuevo a la señora Clevenger. Estaba muy entrada en la madurez, y su armadura de fajas y corsés me recordaba a una casamata de cemento. Su vestimenta, joyas y el cuello de visón, que colgaba descuidadamente del brazo de su silla, todo conformaba la imagen de riqueza, de dólares.

Observé el perfil pesado y tosco de su rostro, que ni siquiera el uso de los cosméticos más caros había logrado suavizar. No hacía falta conocerla; con sólo mirarla se sabía que era millonaria, arrogante, egoísta e inmisericorde. Resultaba obvio que a la señora Clevenger no le importaba nada aparte de su propia persona. Y cuando dirigió una mirada fugaz hacia mí, sus ojos se mostraron fríos y saltones. No cabía la menor duda de que era el tipo de mujer que se sale con la suya contra viento y marea.

A mí no me gustó la mirada de reojo que me lanzó, pero al fiscal sí. Era de esos que impresionan a las mujeres que ya están superando sus mejores años. Poseía una constitución atlética, de elevada estatura y marcada esbeltez, con un rostro severo y el pelo pajizo, cortado al estilo militar. Yo me convencí de que ella era la pieza clave, a la que el fiscal miraría fijamente con los cálidos ojos, color castaño, abiertos, sobre la que dirigiría sus mesurados y razonables comentarios.... si es que era incluida. Con ganársela, tendría al resto del jurado en sus manos. Convenciéndola a ella, ya podrían las otras once personas «justas» dedicarse a mover montañas.

Mi abogado terminó su examen del hombre candidato al jurado.

–Es aceptable para nosotros, Señoría –informó.

El juez disimuló un bostezo, asintió con la cabeza, golpeó, con desgana, con el mazo y le indicó al elegido que se podía retirar

La siguiente persona que esperaba turno para el examen era la señora Clevenger. Inconscientemente, me quedé sentado en el borde del asiento.

Mi abogado se acercó a la mesa donde se hallaban los papeles del defensor. Se llamaba Cyril Abbott. Su apellido le caracterizaba muy bien, a la perfección. Era larguirucho, poseía un rostro delgado que hacía pensar que su nariz había sido colocada allí a última hora, pues colgaba descuidadamente sobre unos labios fláccidos y bajo unos estrechos ojillos. El cuadro de paleto de campo quedaba completo con un mechón de cabello grisáceo. Pero, si se miraba profundamente a sus pupilas, se comprendía que era un duro y viejo zorro, con una sabiduría acumulada en incontables batallas legales.

–¿Cómo se siente, Taylor? –me preguntó Cyril Abbott mientras amontonaba folios.

–No muy bien –le contesté.

–Calma. Hasta ahora todo está controlado.

–Lo que me preocupa es que acepten a la señora Clevenger como jurado –le dije.

En aquel momento me intranquilizaba más aquel punto que la existencia del testigo.

La presencia del testigo había sido una de esas cosas imprevisibles. El asesinato lo tomé, desde el principio, como algo perfectamente rutinario, un trabajillo más, aunque un tanto fuera de mi línea habitual.

Pero era la primera vez que aceptaba un encargo fuera del Sindicato. Ya llevaba bastantes años trabajando para los de Crimen S.A. Supongo que estaba acostumbrado a dar mi colaboración por sentada. Jamás me llegó a tocar la ley. A pocos profesionales les llegan a cazar. Se nos da una tarea y nos envían en avión a una ciudad desconocida. Nos señalan a nuestras víctimas. De inmediato, escogemos el lugar y la hora. Llevamos a cabo nuestros servicios, y nos sacan rápidamente de la población.

Al principio, el trabajito de Len Doty me pareció muy sencillo. Era un ladronzuelo, flacucho y desharrapado. Había llegado ahí recientemente y se alojaba en un hotel de cuarta categoría.

Estudié sus movimientos durante dos días. Me pareció un hombre de aspecto preocupado, atormentado y muy nervioso. Venía soportando una fuerte presión, como si estuviera a punto de acontecer algo grande en su vida.

Yo me convertí en su «futuro», pero eso él lo ignoraba.

Traté de llevar a cabo el trabajo con la misma falta de sentimientos con que había resuelto los otros del Sindicato. Pero esta vez tenía que proyectar yo mismo los planes. Y no gozaba del sentido de seguridad que te rodea cuando sólo eres una ruedecilla más de la gran maquinaria.

Al pasar aquellos dos días, comprendí que debía acabar el trabajo pronto. Sentía un nerviosismo que iba en aumento. No me gustaban las tareas en solitario. Deseaba caminar cuanto antes por mi gran ciudad, para beber con gentes conocidas o en compañía de alguna mujer que se sintiera fascinada por mi hermosa esbeltez.

Mantuve la cifra de quince billetes grandes en mi mente. Aquello era lo que valía Doty muerto. ¿Con qué tipo de problemas podría enfrentarme? Sería igual a todos los anteriores, no había nada que me pudiese vincular con mi víctima. La mataría y echaría a «volar». Con toda probabilidad, el asunto acabaría en el cajón de los casos sin solucionar de la comisaría de policía de la localidad. Es posible que no haya un crimen perfecto, pero existe un gran archivo de casos sin solucionar; para mí eso era suficiente.

Determiné el lugar y la hora. Las dos noches, Doty había salido bastante tarde de su asqueroso hotel lleno de pulgas, y se había dirigido a un grasiento agujero para comer algo antes de retirarse a dormir.

La manzana de casas era larga y muy oscura, con un callejón a la mitad que la unía a una calle paralela. Siempre es recomendable escoger una zona que tenga salida a ambos lados.

La calle paralela era una arteria de una sección suburbial de la ciudad, repleta de restaurancillos, locales de juego y fonduchas. En pocas palabras, un lugar perfecto para que una persona desapareciese.

Sabía que los grandes jefes del Sindicato imponían una regla de oro que trataban de no infringir jamás: la sencillez.

Lo hice, pues, con toda sencillez. El plan consistía en disparar con silenciador al cuerpo de Doty en el callejón, dirigirme a un cubo de basura, tirar el arma sin número de registro y perfectamente limpia de huellas, proseguir por la calle repleta de locales baratos, perderme entre la gente y tomar un autobús hasta el centro de la ciudad. Una vez allí, regresaría al hotel de buena categoría, donde me había registrado con otro nombre. Marcharía en un taxi hasta el aeropuerto, y regresaría a la gran ciudad con quince mil de los grandes en el bolsillo.

Doty salió de su hotel a la hora que yo esperaba. Desde la entrada del callejón, escuché el ruido de sus pasos en la calle oscura.

Cuando llegó a la altura del callejón, le hablé.

—Doty.

Se detuvo.

—Acércate —le ordené—. Quiero hablar contigo.

Le permití que viera mi arma.

Empezó a temblar. Miró en torno suyo desesperadamente. A empujones le metí unos siete metros callejón adentro. Rogó por su vida.

El sonido del arma fue como el de un globo que explota. El infeliz dobló las rodillas y cayó muerto al suelo.

Pero, en aquel instante, el testigo gritó larga y fuertemente, como sólo lo puede hacer una rubia con cabello rizado, vestido barato y atroz maquillaje. Ella y su novio habían decidido acortar por el callejón, para llegar a alguno de los miserables lugares de diversión que había en la calle paralela al edificio de apartamentos donde la «dama» vivía.

Su acompañante no quiso comprometerse para nada. Echó a correr enseguida. La chica le siguió pegada a sus talones; pero, de todas formas, pudo ver mi rostro.

Rápidamente, yo hice explotar dos globos más en el callejón, pero, a causa de la oscuridad, los disparos salieron desviados. No pude alcanzarles. Entonces violé otra ley del Sindicato. Me dejé llevar por el pánico... y salí corriendo del callejón para caer casi en los brazos de un policía que había escuchado los gritos y venía a ver qué pasaba.

El agente no era un blanco fácil. Era rápido y corpulento... y estaba armado.

Dejé caer mi pistola con silenciador y levanté los brazos todo lo que pude.

El Sindicato, claro está, nunca había oído hablar de mí. Me encontraba en una situación desesperada. Aun así, tuve dinero para contratar a Ciryl Abbott. La primera vez que vino a verme a la cárcel, me preguntó de sopetón cuánto me habían pagado por el trabajo. Tuve suficiente presencia de ánimo para decirle que habían sido diez mil. Se embolsó la cantidad entera y me dijo que no me preocupase.

Lo suyo fue como pedirme que dejase de respirar. Quizá un abogado tan zorro como el mío pudiera provocar algunas dudas sobre el testimonio de la rubia. Después de todo, el callejón estaba bastante oscuro. El reflejo de las luces de la calle solamente dejó ver mis facciones por un segundo. Todo sucedió con tanta rapidez...

La clave, desde mi punto de vista, era comprobar si la arrogante vieja apellidada Clevenger sería aceptada como parte del jurado.

El fiscal la encandiló con sus amistosos y jóvenes ojos castaños.

—¿Su nombre, por favor?

—Clarissa Butterworth Clevenger.

—¿Es usted ciudadana de los Estados Unidos?

—Evidentemente.

—¿Tiene usted alguna convicción de tipo religioso o moral contra la aplicación de la pena de muerte, que la descalificaría para juzgar un caso de pena capital en este Estado?

—Ninguna en absoluto.

Busqué un pañuelo para secarme el rostro. Mentalmente, hice un repaso de lo poco que sabía sobre la señora Clarissa Butterworth Clevenger. Vivía en la ciudad desde hacía veinte años, y había conocido y contraído matrimonio con uno de los ciudadanos dirigentes del lugar cuando éste fue a Florida de vacaciones. Abbott me había comentado que en aquella época exhibía una belleza llamativa y vigorosa, antes de que el tiempo, los lujos y su ser interno ampliaran la quilla y deformaran la superficie. Su esposo le llevaba quince años de edad. Hacía tres meses, aquél había fallecido en un hospital particular tras una larga enfermedad.

El fiscal le dirigió una sonrisa llena de consideración, que indicaba sin palabras lo mucho que le molestaba importunar a una señora de su posición con fórmulas rutinarias y carentes de sentido.

—¿Se ha formado ya alguna opinión sobre este caso, señora Clevenger?

—Ninguna.

—¿Conoce usted al acusado Max Taylor?

Echó una mirada hacia el fiscal por encima de su nariz.

–Difícilmente.

–Desde luego que no. Tenga presente que todo esto es necesario, señora Clevenger.

–Entiendo perfectamente. Continúe, joven.

–Creo que no es preciso proseguir –reconoció el fiscal–. Señoría, encontramos aceptable a este jurado –añadió, dirigiéndose al juez.

Y éste asintió con la cabeza.

–La defensa puede interrogar a la candidata.

Cyril Abbott dio con desgana algunos pasos hacia el estrado. Se detuvo con esos gestos de paleto de pueblo que tenía y se rascó el cuero cabelludo.

–Señoría, me parece que el señor fiscal ha hecho las preguntas pertinentes. No veo razones que descalifiquen al jurado. La defensa acepta a la candidata.

Quedé estupefacto mirando la encorvada espalda de Abbott por unos momentos. Luego me desplomé en la silla y expulsé de mis pulmones el aliento que había reprimido durante tanto tiempo.

Cuando el abogado se dio la vuelta hacia mí, estoy seguro de que se esforzó por no guiñarme un ojo. Por unos instantes me hizo sentir casi mal por haberle mentido al no entregarle los quince mil dólares enteritos.

No sé a qué se había dedicado la señora Clevenger antes de conocer a su difunto esposo durante aquel maravilloso viaje por la tierra de las vacaciones y en un clima tropical. Yo tampoco conozco lo que Doty significó para ella cuando surgió de su pasado. Debió de portarse muy mal para que se molestara en invertir su nueva fortuna en la búsqueda de algún nombre en quien se pudiera confiar, el mío propio, para que se encargara de matarle.

Nunca me enteré de aquella parte del asunto, y no me importa. Sabía que, en aquel momento, a ella no le quedaba por hacer más que una sola cosa, si no quería que yo me pusiera a cantarlo todo...

Enseguida pensé en lo divertido que iba a ser cuando, de regreso a la ciudad, les contara a los muchachos cómo mi «cliente» había formado parte del jurado en mi caso.

El factor común

Richard Deming

El edificio era uno de esos pequeños hoteles de apartamentos que se encuentran por doquier en Kingshighway, entre los bloques que quedan al norte del Hotel Chase. Detrás del mostrador de recepción del vestíbulo se encontraba un joven de unos veinte años de edad.

Le mostré mi placa y le dije:

—Sargento Sod Harris, de Homicidios. ¿Fue usted quien nos llamó?

—No, señor. Les telefoneó el gerente del edificio, el señor Thorn. El otro oficial de la policía le dijo que se quedara en su apartamento hasta que usted llegara. ¿Quiere que le avise?

—No se moleste —le indiqué—. Primero echaré un vistazo por allá arriba.

En el ala del pasillo del tercer piso, donde se localizaba el apartamento 313, cerca de la mitad de las puertas permanecían abiertas. Los huéspedes estaban de pie en el umbral de sus habitaciones o en el pasillo, con las miradas fijas en la puerta del 313. Frente a ésta vigilaba un joven policía uniformado.

Antes de que yo pudiera sacar mi cartera, el agente me dijo:

—Buenas tardes, sargento Harris.

Así pues, lo dejé estar.

—¿Te conozco? —le pregunté.

—El agente Carl Budd, sargento. En la Academia de Policía usted nos dio unas conferencias sobre «La Preservación de la Evidencia en los Casos de Homicidio».

Como las conferencias a las que se refería habían tenido lugar hacía poco más de un mes, era evidente que el joven acababa de graduarse. Por lo tanto, olía a bisoño.

Le pedí que se apartara con un gesto y abrí la puerta para entrar en el apartamento. El policía Budd vino detrás de mí, cerró y se apoyó contra la madera.

El sitio era lo que se conoce como un «picadero de soltero». Constaba de una gran habitación que servía, durante el día, como comedor y sala de estar, y que por las noches se convertía en dormitorio cuando se extendía una cama plegable del armario empotrado. Disponía de un espacio hacia un lado, en el cual cabía un fregadero, una vitrina, un frigorífico y un hornillo para cocinar, que no llegaba a ser lo que se entiende por cocina. Al otro lado, quedaba la puerta que daba al baño, y la pared opuesta aparecía cubierta por un armario de puertas correderas.

En aquel momento la cama plegable estaba extendida. Sobre ella yacía una mujer de unos cuarenta años de edad. Ofrecía un cuerpo regordete que había empezado a arrugarse por las peores zonas. Resultaba difícil determinar lo atractiva que había sido su cara, porque estaba deformada por la hinchazón provocada por el alambre que tenía apretado en torno al cuello, tanto que se hundía en su carne. Llevaba puestos los restos de lo que había sido un camisón color rosa, que alguien había desgarrado desde el cuello hasta el vientre.

Me incliné sobre el cadáver para examinar el alambre. Era una cuerda de tripa, flexible y delgada, con la cual se había formado un lazo corredizo que quedaba a la altura de la oreja derecha de la víctima. Del nudo sobresalía cerca de medio metro de alambre, y estaba torcido como si alguien lo hubiera llevado enrollado en el puño. Un alambre tan delgado tendría que haber cortado la mano del asesino si no la llevaba protegida; pero el cabo del alambre no tenía señales de sangre, por lo que parecía probable que se había servido de un guante.

–Eso es lo que denominan un alambre para asfixiar. Durante la Segunda Guerra Mundial, los comandos los utilizaron para eliminar a los centinelas enemigos –informó Carl Budd.

–Lo sé –repliqué–. No creas que soy tan viejo, pero participé en la Segunda Guerra Mundial.

Me observó con una mirada crítica, y su actitud me dio a entender que le parecía aún más probable que yo hubiera participado en la Primera Guerra Mundial. Me dediqué a hablar durante un espacio de tiempo, en busca de algo que se pudiera considerar una pista, pero no obtuve ningún resultado.

—Vale, Budd —le ordené—. Cuéntamelo todo.

—La mujer se llama Ethel Aarons, y el administrador del edificio dice que llevaba viviendo aquí seis meses. Supongo que era viuda o divorciada. Trabajaba como peluquera en un salón de belleza de Euclid llamado Dove. El viernes no llegó al trabajo. La dueña estuvo llamando aquí varias veces, pero en ninguna ocasión obtuvo respuesta. Como hoy ella tampoco se presentó a trabajar, la propietaria volvió a llamarla por teléfono. Finalmente, se quedó tan preocupada que vino aquí. Convenció al administrador de que le abriese la puerta, y se encontraron con esto.

Fruncí el entrecejo. Entonces, pensé que era probable que el asesinato se hubiera llevado a cabo la noche del jueves. Y las condiciones del cuerpo indicaban que, efectivamente, debía de haber pasado un período de tiempo parecido. Consulté mi reloj y vi que eran las tres y media.

—¿A qué hora descubrieron el cadáver?

—Bueno, la llamada telefónica del administrador fue a las tres. Mi compañero y yo llegamos a las tres y diez. Está afuera, en el coche patrulla, atento a la radio.

—Me dicen que el administrador del edificio me espera dentro de su apartamento; pero ¿dónde está la dueña del salón de belleza que mencionaste antes? —le pregunté.

—También aguarda en el apartamento. Se sentía bastante afectada y el señor Thorn le ofreció una copa de brandy.

Dejé a Budd al cuidado de la puerta y bajé a la primera planta. El joven recepcionista me condujo hasta el apartamento del administrador.

Everett Thorn resultó ser un hombre alto y delgaducho de unos sesenta años, que tenía que ser soltero o viudo, porque allí no había huella alguna de que una mujer compartiese con él la vivienda de una sola habitación. La dueña del salón de belleza era una rubia teñida, de firmes carnes y quizá cincuenta y cinco años, llamada Marie Baumgartner. Estaban amistosamente degustando una mezcla de café y brandy. Ante la invitación de Thorn, pedí lo mismo.

—Realmente no sé mucho sobre la señora Aarons —dijo el administrador del edificio—. Era puntual con la renta, nunca causó ningún problema y parecía una persona agradable. Pero apenas nos conocíamos.

—¿Hay alguien que atienda la recepción durante veinticuatro horas al día? —le pregunté.

Lo negó con la cabeza.

—Solamente hasta medianoche. Después, el vestíbulo queda desierto y cualquier persona puede entrar.

—¿Quién estaba en el turno de noche del jueves?

—Roy Johnson, el mismo muchacho que está abajo en estos momentos. Trabaja desde las dos de la tarde hasta la medianoche, todos los días, salvo el domingo —informó con voz pausada.

Me dirigí a Marie Baumgartner.

—¿Conocía usted bien a la señora Aarons?

El brandy que se estaba tomando no debía de ser el primero, porque se tuvo que concentrar para que su rostro adquiriera el gesto de tristeza apropiado.

—¡Huy, sí! Éramos amigas desde hace mucho tiempo. Ha trabajado en mi salón desde que lo abrí, hace diez años, y ya éramos amigas desde antes.

—Hábleme de ella.

—Bien, pues una persona extraordinariamente agradable, alegre y divertida. Como una auténtica actriz, ¿sabe? Siempre decidida a ser la primera en subirse a las mesas para bailar el cancán, o para animar a todo el mundo a cantar. Cosas así. ¿Se hace una idea del tipo de persona que era?

—Ajá —acepté—. Era la chispa de la fiesta. ¿Y cuando no estaba en medio de una diversión?

—¡Ah, seguía contagiando su alegría, siempre contando chistes! Pero nunca tuvo suerte con los hombres. Había estado casada tres veces.

—¿Sabe los nombres de los ex esposos?

Cuando me dijo que sí, saqué mi cuaderno.

—Vale. Empiece.

Me comunicó que el nombre del primer marido era Julius Berger, del que Ethel Aarons se había divorciado hacía diez años; a su vez, él había muerto hacía cinco. Su segundo esposo fue Henry Jacobson. Se había separado de éste hacía cuatro años, y vivía en alguna parte de California. Marie no sabía dónde. El último esposo se llamaba Lyle Aarons. Ethel y éste se habían divorciado seis meses atrás. Ella decidió residir aquí, y él vivía en el apartamento que compartían de casados. Y también me dijo que aquél se hallaba en la calle Maryland, a la altura del número cuatro mil cien, pero que no conocía la dirección exacta.

También me informó de que el novio actual de Ethel era un conductor de camiones llamado Earl Burke; sin embargo, ignoraba dónde vivía. Por lo que sabía Marie Baumgartner, Ethel carecía de enemigos.

Le agradecí el café a Everett Thorn y me dirigí a recepción.

—¿Tú eres Roy Johnson? —le pregunté al joven que la atendía.

—Sí, señor.

—¿Viste aquella noche a la señora Aarons?

Asintió con un movimiento de cabeza.

—Regresó del trabajo hacia las cinco y cuarto, y luego volvió a salir a las cinco y media. A cenar, me imagino, porque regresó a las siete y ya no volvió a aparecer.

—¿Advertiste la presencia de algún desconocido entrando después de esa hora al edificio?

Empezó a negarlo con la cabeza, pero después se interrumpió:

—Bueno, un mensajero trajo un telegrama. Cerca de las nueve de la noche.

—¿Para quién?

—No lo sé —respondió, encogiéndose de hombros—. Entró con el telegrama en la mano, pasó al ascensor y subió en él. No me fijé hasta qué piso. Pero no estuvo allí más que cinco minutos.

—¿Es directo este teléfono? —pregunté señalando al que estaba sobre el mostrador.

—Le puedo dar línea ahí —me dijo, y se volvió hacia la centralita que se encontraba detrás de él—. ¿Qué número quiere?

—El de la oficina de telégrafos.

Cuando le expliqué a la mujer que atendió la llamada quién era yo y lo que deseaba, me hizo esperar un rato mientras examinaba el registro del jueves.

Cuando regresó al otro lado del hilo telefónico, me informó de lo siguiente:

—Se entregó un telegrama para la señora Aarons el jueves por la noche en esa dirección. Fue un telegrama telefónico desde una cabina pública de la localidad, y el remitente dijo llamarse Lester Mason, que vivía en el número 5328 de la calle South Grace.

Después de anotar el nombre en mi cuaderno, le pregunté:

—¿Cuál era el mensaje,

—Fue una de esas felicitaciones de cumpleaños que ofrecemos. Dice así: «Feliz cumpleaños a una querida amiga. Que cumplas cien más. Firmado: Les».

—Gracias —le dije.

Cuando volví a subir al apartamento, me encontré a Art Ward, del laboratorio, que cargaba su maletín. Le metí en el apartamento y le conté exactamente lo que necesitaba: primero, que echara sus polvos en busca de huellas digitales, porque quería hacer un registro en cuanto acabara. Luego le dejé solo y fui a entrevistarme con algunos vecinos.

Ninguna de las personas de la tercera planta habían visto ni oído nada extraño la noche del jueves, aunque una mujer, que residía en el fondo del pasillo, recordaba que había visto a Ethel cuando, al volver de cenar, se metió en su apartamento, alrededor de las siete de la noche. Nadie recordaba al muchacho que entregó el telegrama.

Lo intenté también en los apartamentos que se hallaban directamente encima y debajo del 313, pero ninguno de los inquilinos recordaba haber visto ni oído nada. Cuando regresé al apartamento del crimen, Art Ward ya había acabado su trabajo.

—Tomé tres fotografías de diferentes ángulos. No hay huellas digitales lo bastante claras como para realizar las pruebas comparativas, excepto las de ella. Tampoco he advertido señales de que se haya forzado la entrada, pero la cerradura de la puerta es de esas sencillas de muelle, y se podría abrir con una lámina de plástico si no han echado el cerrojo desde dentro –me informó.

–No estaba echado –le señalé–. El administrador del edificio abrió con la llave maestra.

–Eso no imposibilita necesariamente que algún conocido de ella haya venido a visitarla. Quizá abrió la puerta al escuchar una voz conocida y luego, me estoy refiriendo al asesino, colocó la cerradura de muelle al salir.

–Se supone que tú debes probar los hechos –le dije–, y no teorizar. ¿Acaso te interesaría trabajar con nosotros en Homicidios?

–¡Jamás! –exclamó con un gesto de asco.

Recogió su equipo y se fue.

Carl Budd asomó la cabeza por la puerta.

–Han llegado unos tipos que quieren llevarse el cadáver a la morgue.

–Bien. Diles que entren y lo saquen de aquí.

–Aún no lo ha examinado el médico forense.

Me quedé mirándole. Aparentemente, se me habían pasado algunos detalles en mi conferencia ante los estudiantes de la Academia de Policía.

–¿Y tú crees que pasa como en las películas, que el forense acude presuroso para atender todos los casos de homicidio?

–Éste... –dijo, a la vez que se rascaba la cabeza; y no acabó la frase.

–El médico forense tiene dos asistentes –le expliqué–. Cumplen con su trabajo sin salir jamás del instituto forense, donde disponen de una moderna sala de autopsias para sus trabajos. ¿Por qué iban a venir aquí si todo su equipo lo tienen allá?

–Pero ¿no tiene que venir un doctor a certificar la muerte? –insistió un tanto inseguro.

Podía haberle explicado que suele haber médicos presentes en las escenas de homicidios, porque generalmente se llama a uno antes de avisarnos a nosotros. También que, en los casos en que no contamos con ninguno, recurrimos al más cercano si es que existe la certeza de que la persona está efectivamente muerta. Pero yo estaba allí para llevar a cabo una investigación y no para sentar cátedra.

–En la morgue la «certificarán» como formalmente muerta –le expuse–. Después de permanecer cerca de sesenta horas con un alambre enroscado en el cuello, creo que en este caso no preciso una opinión médica preliminar.

Con cierto disgusto, Budd permitió que los hombres se llevaran el cadáver. Cuando salieron, realicé un registro a fondo del apartamento. Lo único importante que encontré fue la libreta de direcciones de Ethel, en la que aparecían los nombres y direcciones de sus tres ex maridos y de su novio actual. El nombre de Julius Berger aparecía atravesado por una línea, y en el margen se había escrito la palabra: «muerto». Bajo el de Henry Jacobson, el segundo marido, había una dirección de Burbank, California. No aparecía el nombre de Lester Mason.

En el apartamento no encontré el telegrama de felicitación.

Llamé a jefatura para que buscaran a Lyle Aarons, el tercer marido, a Earl Burke, el novio actual, y al remitente del telegrama, Lester Mason. También dicté un télex para la policía de Burbank, con el propósito de que indagaran sobre el paradero de Henry Jacobson, el segundo esposo.

Entonces comprobé que eran ya las cinco, la hora en que se suponía que yo debía dejar de trabajar. Pero no se puede interrumpir la investigación de un homicidio por el simple hecho de que sea la hora de regresar a casita. Llamé por teléfono a mi mujer, Maggie, y le avisé de que no llegaría a cenar. Luego le indiqué a Budd que cerrara y sellara el apartamento.

Cené camino del centro de la ciudad y llegué a la jefatura a eso de las seis y media. Sam Wiggens estaba a cargo del turno de noche. También encontré a dos policías uniformados, que habían traído a Lyle Aarons y a Earl Burke.

–¿Qué pasa con Lester Mason? –pregunté a Sam.

–Bueno –dijo–. No hay un edificio en South Grace con el número 53. Salta de 52 a 54. Tampoco hemos encontrado a un Lester Mason en la guía telefónica, ni en el directorio municipal.

Fruncí el entrecejo y luego le pedí a uno de los policías uniformados:

–Acércate a la oficina de telégrafos, averigua quién fue el mensajero que entregó el telegrama y tráetelo contigo.

Hizo un gesto de asentimiento y partió a cumplir mi encargo.

Lyle Aarons era alto, esbelto y contaba alrededor de cuarenta y cinco años. Declaró que trabajaba como contable en la cervecería de la localidad. El jueves por la noche asistió a una cena de su compañía y podía dar cuenta de lo que había hecho desde las siete de la noche hasta que acudió a trabajar el viernes por la mañana. La fiesta duró hasta la una de la madrugada. Y pasó la noche en casa de un amigo en lugar de regresar a casa. Hice que llamaran a este amigo, el cual verificó la coartada.

Aarons aseguró que su divorcio de la víctima había sido amistoso, y que los dos continuaron siendo amigos. Reconoció que, sencillamente, Ethel había sido una chica demasiado aficionada a las juergas y que él era excesivamente casero para ella. Se separaron de mutuo acuerdo. Y nunca oyó hablar de alguien llamado Lester Mason.

Le permití que se fuera, dándole instrucciones de que estuviera disponible.

Earl Burke era un hombre corpulento, de unos cuarenta años. También contaba con una coartada perfecta. Trabajaba de conductor de un vehículo que llevaba por todo el país, y el jueves por la noche estuvo en Indianápolis. De hecho, acababa de regresar a la ciudad aquel mismo mediodía. Me dio el número de teléfono del encargado de su compañía; telefoneé al tipo y apoyó la coartada.

Burke declaró que había visto a Ethel por última vez el miércoles por la noche, que se citaron. Después, él partió a Indianápolis el jueves por la mañana, donde pasó la noche. Y el viernes prosiguió hasta Dayton, Ohio, para finalmente dar la vuelta y regresar a casa. Aseguró que él y la víctima se llevaban muy bien.

–No estábamos comprometidos ni nada de eso –concluyó–. Yo simplemente salía con ella por pasar el rato. Pero nos tratábamos espléndidamente.

Por último, me informó de que nunca había oído hablar de nadie que se llamara Lester Mason. Le dejé ir con las mismas instrucciones que le había dado a Lyle Aarons.

Mientras esperaba que me trajeran al mensajero, empecé a llamar por teléfono a todos los Mason que venían en la guía telefónica. Había una página entera con este apellido.

Cada vez que alguien respondía, yo preguntaba:

–¿Vive aquí alguien llamado Lester Mason?

Cuando había cubierto la mitad de la lista, sólo pude encontrar un Lester Mason, un niño de seis años. En aquel momento, el policía uniformado llegó con el mensajero que yo le había mandado traer a la jefatura.

Era un muchacho delgado, nervudo y de rostro estrecho, llamado Peter Hendrix. Tendría unos veinticinco años. Declaró que recordaba haber entregado el telegrama a Ethel Aarons el jueves por la noche.

–¿Estaba sola? –le pregunté.

–No vi a nadie más. No entré en el apartamento, pero la puerta estaba abierta y vi parte del interior. Claro está que podía haber alguien detrás de la puerta o en el cuarto de baño.

–¿Cómo reaccionó ella al leer el telegrama?

–No lo abrió en mi presencia –respondió, encogiéndose de hombros–. Me dio diez centavos y cerró la puerta.

–¿Recuerdas cómo iba vestida?

Meditó un poco antes de contestar.

–Creo que con una bata. De esas de tela de toalla. Parecía a punto de irse a dormir. Llevaba rulos en la cabeza.

–¿A qué se debe que el telegrama se haya entregado en mano en vez de leérselo por teléfono? –le pregunté.

–Siempre entregamos personalmente los mensajes de este tipo –me explicó–. Son como tarjetas de felicitación, y a la gente le gusta verlos. No es lo mismo a través del teléfono.

–Vale –acepté–. Me parece que es todo. ¿Te hemos sacado del trabajo?

–Sí. Estoy hasta las nueve de la noche –contestó, y

miró el reloj de la pared–. Pero ahora ya me encuentro fuera de horario.

Seguí la dirección de su mirada y vi que eran las nueve y media, el momento de iniciar una redada de todos los locos y desviados de la noche. Dentro de poco empezarían a llegar en manadas, algo que ya correspondía a unos policías entre los cuales yo no me encontraba.

Decidí dejar de trabajar y me ofrecí a Peter Hendrix para llevarle a su casa. Me dijo que tenía su automóvil estacionado frente a la oficina de telégrafos, así que fue allí donde le dejé.

El domingo era mi día de descanso, pero pasé por la comisaría por la mañana de todas formas. Había un telegrama de Burbank en el que se decía que habían localizado a Henry Jacobson, pero se había comprobado que no había abandonado su pueblo desde hacía semanas.

Los veintiséis sospechosos que detuvimos en la redada fueron interrogados y puestos en libertad.

Aún no había llegado ningún informe del laboratorio, ni de la oficina del médico forense, así que me fui.

El lunes por la mañana encontré sobre mi escritorio varios informes de ambos sitios. El *post morten* indicaba que el fallecimiento había sido causado por estrangulamiento, y la hora de defunción la fijaba entre las doce de la noche y las cuatro de la madrugada del viernes. No se había detectado la presencia de laceraciones epidérmicas, lo cual indicaba que la víctima no sufrió arañazos. Esto no me sorprendió, dado que la posición del nudo corredizo denotaba que Ethel fue atacada por la espalda. Y había sido criminalmente violada después de muerta.

La única pista nueva que venía en el informe del laboratorio era el tamaño y el tipo del alambre con el que se había hecho el lazo corredizo. De una clase común, que se podía adquirir en cualquier ferretería o supermercado.

Acabé de hablar con el resto de los Mason de la lista telefónica, sin localizar al hombre que había enviado la felicitación de cumpleaños.

Al finalizar la semana, se había detenido y soltado a ciento dieciséis pervertidos sexuales. Pero no estábamos más cerca de la solución del crimen que el día en que nos llamaron para denunciarlo.

De pronto, el sábado, apareció la segunda víctima.

En aquella ocasión se trató de una secretaria privada, de veintidós años, que ocupaba un apartamento de tres habitaciones en Bates, en el lado sur de la ciudad. Su nombre, según nos comunicaron, era Leona Bacon.

Del mismo modo que la primera víctima, no llegó a trabajar el viernes. Y tampoco respondió a las llamadas telefónicas de su jefe. Siempre libraba los sábados, pero había quedado en ir de compras con una amiga, compañera suya en la misma oficina. Cuando ésta llegó y pulsó el timbre sin obtener respuesta, se preocupó porque sabía que Leona no había acudido al trabajo el día anterior. Habló con un vecino, que también se preocupó. Se trataba de un apartamento en el primer piso, y aquél encontró una ventana abierta. Y se sirvió de ésta para investigar.

Leona Bacon había sido estrangulada de idéntica forma que Ethel Aarons, y también la habían violado después de morir. No hallamos indicios de que se hubiera forzado la entrada, pero tampoco quedaba claro cómo el asesino había tenido acceso a la vivienda. El lugar disponía de una entrada exterior particular, y el cerrojo de la puerta era del mismo tipo que el de Ethel Aarons. Podía abrirse fácilmente con una llave maestra o con una placa de plástico introducida por la ranura de la puerta justo en el lado del cerrojo.

En aquel caso no hubo que investigar ni a ex maridos ni a ningún novio nuevo. Leona estaba comprometida con un soldado que luchaba en Vietnam, y no salía con ningún otro hombre. Era huérfana y carecía de parientes. Su vida social consistía en asistir a la iglesia y en cantar en un coro. Sus amistades la describieron como una persona tímida y callada, que pasaba la mayoría de las tardes en casa, y que en su vida jamás había tenido un solo enemigo.

El informe *post mortem* indicó que había fallecido entre la medianoche y las cuatro de la madrugada del viernes.

Los periódicos hicieron su agosto con la coincidencia de que ambas muertes hubiesen ocurrido a la misma hora y exactamente a una semana de distancia. Algunos titulares llamaron al asesino «El Estrangulador de la Noche del Jueves». Y se convirtió en noticia de primera plana.

Volvimos a organizar una redada para interrogar a los mismos locos y degenerados de siempre, pero obtuvimos idénticos resultados.

El siguiente viernes por la mañana se volvió a descubrir otra víctima. Se llamaba Anita Cabral y vivía en una especie de «refugio» contra incendios sobre una taberna, situada en la manzana número 3900 de la calle Olive, que no se encontraba precisamente en el barrio más elegante de la ciudad. La descubrió su casera, después de ir allí para desalojarla del piso por no pagar la renta. Anita contaba treinta y ocho años de edad.

En cuanto a las pistas, la historia se repetía, a excepción de la hora de defunción, que el forense había podido fijar entre unos límites más exactos, debido a que el cuerpo fue encontrado más temprano que los demás. Calculó que debió de ocurrir entre la una y las tres de la madrugada del viernes. Aparte de esto, no teníamos más indicios que en los dos asesinatos anteriores.

Tampoco en aquella ocasión descubrimos pruebas de que se hubiera forzado la entrada. Por otra parte, nunca se cerraba la puerta de acceso a las escaleras que conducían a las plantas superiores situadas sobre la taberna. Así que cualquier persona pudo pasar, sin que la vieran, hasta la miserable vivienda. Una vez más, la puerta sólo contaba con un cerrojo de muelle.

Después del tercer asesinato, el Estrangulador del Jueves ocupó diariamente la primera plana de los periódicos, a pesar de no ofrecer más información que un resumen manido de lo contado anteriormente. Los periódicos aconsejaban a las mujeres que vivían solas que cerrasen sus puertas con llave los jueves por la noche y que no abrieran la puerta a ningún desconocido.

Yo había acumulado y escrito a máquina gran cantidad de datos sobre las tres víctimas. Leí lo que almacenaba una y otra vez, hasta que se me enrojecieron los ojos. Trataba de encontrar algún factor que fuera común entre las tres mujeres asesinadas.

Todo esto lo hacía por una sugerencia que me había hecho el teniente.

—Busca un factor común, Harris —me aconsejó—. En estos casos de obsesos sexuales, siempre existe algún método para la selección de las víctimas, que tiene una lógica para esos monstruos. Nunca atacan al azar. Tiene que existir un factor común.

—¿Como cuál? —pregunté.

—Bueno, en el caso del Destripador de Londres, todas las víctimas eran prostitutas. Respecto al Estrangulador de Boston, un buen número de sus víctimas estaban vinculadas de alguna forma con el hospital de la zona, ya fuera como pacientes, empleadas o trabajadoras voluntarias.

—No se ha solucionado ninguno de esos casos —comenté con cierta amargura—. Así que me sirven como antecedentes.

—No se dé por vencido de antemano —me cortó secamente—. Encuentre el factor común, y por lo menos tendrá una pista sobre el asesino. Quizá escoja a mujeres que tengan el mismo color de ojos, o a las que caminan con las piernas combadas, o a las que juntan las rodillas, o a las que lucen un tipo de peinado particularmente llamativo. Tiene que haber algún tipo de patrón.

Todavía estaba intentando encontrar ese patrón a la hora de cumplimentar el informe del jueves siguiente, acuciado por la tremenda presión de saber que, de no encontrarlo, probablemente moriría otra mujer aquella noche. Al salir, el teniente se detuvo ante mi escritorio.

—¿Nada? —me preguntó.

—Sí —le contesté—. El factor común es que todas eran hembras y vivían solas. Jamás me había topado con tres mujeres tan distintas entre sí. ¿Quiere que lea un resumen?

—Adelante.

—Aspecto físico: Ethel Aarons era regordeta y descuidada; Leona Bacon tenía un cuerpo de ensueño. Pero Anita Cabral era flaca y huesuda. Ethel tenía el cabello trigueño; Leona, castaño rojizo, y Anita rubio. Sus ojos ofrecían estos colores: castaños, avellana y azules. Las edades, cuarenta y dos, veintidós y treinta y ocho. Orígenes: Ethel nació en Jackson, Mississippi, y estudió dos años de bachillerato y un curso de belleza; Leona nació en St. Louis, estuvo dos años en la universidad y realizó un curso de secretariado. No se ha podido investigar sobre el pasado de Anita Cabral, pero las personas que la conocieron recuerdan haberle oído decir que venía de la costa este, y no es probable que llegara a tener ni el certificado de primaria porque era casi analfabeta. Personalidad: Ethel era la chispa de las reuniones y tenía tres ex maridos; Leona era un silencioso ratoncito que pasaba la mayor parte de su tiempo libre en la iglesia, y Anita era una golfa semialcohólica... ¿Quiere que siga?

–No, al menos que me ofrezca algo mejor que eso –se disgustó el teniente.

Coloqué frente a mí los tres expedientes del caso y los observé pensativo. Los nombres de las etiquetas de identificación estaban escritos con el nombre detrás del apellido: *Aarons, Ethel; Bacon, Leona; Cabral, Anita.*

Súbitamente se me ocurrió una idea.

–¡Oiga! Están en orden alfabético. A, B, C. ¿Cree usted que el loco esté escogiendo los nombres de la guía telefónica y en orden alfabético?

El teniente me palmeó la espalda con indulgencia.

–Si así fuera, todos los apellidos empezarían con la A. El segundo nombre que aparece en la guía no empieza con B.

–Quizá sea el segundo nombre de mujer y no de hombre –le dije, y busqué la guía telefónica–. Es posible que el asesino localice a las mujeres que viven solas por medio de este directorio.

El teniente empezó a mostrar señales de interés. Se inclinó sobre mis hombros para seguir mi dedo, que bajaba a lo largo de la primera columna de la primera página.

Me animé bastante cuando comprobé que el primer nombre, incuestionablemente femenino, que aparecía en la lista correspondía a *Aarons, Ethel*. Pero me desanimé en cuanto descubrí, diez renglones más abajo, el de *Abbott, Angel*; y media columna más adelante *Abcock, Lucille*. Nunca me había percatado de que hubiese tantos nombres de mujer en la guía telefónica. En la primera plana aparecían unos veinte.

–Yo diría que con eso se derrumba su teoría –me indicó el teniente–. ¡Buenas noches!

Cuando salió, se me ocurrió otra idea. Supongamos que el asesino estuviera recorriendo el alfabeto, escogiendo la primera A femenina, luego la primera B, después la primera C, etc.

Volví a abrir la guía telefónica en la sección correspondiente a la letra B, pero me llevé una disilusión. El primer nombre femenino que aparecía en la lista era *Babcock, Josephine*. El siguiente, varios renglones más abajo, *Bachmann, Cleo*. El tercero era *Bacon, Leona*.

Consulté la sección C: *Cable, Edith* era el primer nombre femenino, y *Cabral, Anita* el segundo.

«Basta de genialidades», pensé. Resultaba una mera coincidencia que el nombre de la primera víctima empezara con la letra A, el segundo con B y el tercero con C.

Firmé la hoja de salida y me fui a casa.

Después de la cena, cuando tomábamos el café en el cuarto de estar, Maggie preguntó.

–Has estado muy pensativo desde que llegaste a casa, Sod. ¿Se debe a que hoy es jueves por la noche?

–Sí –le dije–. Esperemos que todas y cada una de las mujeres que viven solas en esta ciudad recuerden el consejo de los periódicos de cerrar sus puertas con llave.

–¿Has avanzado en la búsqueda de un factor común?

–Hoy pensé que lo había encontrado, pero la cosa se desinfló.

Le conté mi teoría sobre el hecho de que el Estrangulador pudiera estar seleccionando a las mujeres en la guía por orden alfabético, pero que, a pesar de que la víctima inicial era la primera mujer que aparecía en la lista de la letra A, la segunda había sido la tercera B, y la tercera, la segunda C.

–Pero, Dios mío, ¡eso no significa nada! –exclamó mi mujer–. Es posible que las primeras dos letras B no vivan solas. Quizá lo comprobó el asesino, y pensó que estaban demasiado bien protegidas. Tal vez esté recorriendo el alfabeto y escogiendo a la primera mujer que viva realmente sola.

Me quedé mirándola. Tras veinte años de matrimonio,

me seguía asombrando constatar tan a menudo que mi mujer tenía más cerebro que yo.

Me levanté, me acerqué a ella y le di un beso. Luego me dirigí al recibidor para hacer algunas llamadas telefónicas. Pero cuando estaba a punto de marcar la primera cifra, me di cuenta de que me iba a resultar muy difícil explicarme por aquel medio, así que anoté las direcciones que figuraban en la guía telefónica.

En ésta se indicaba que Josephine Babcock vivía en South Grand. Comprobé que en aquella dirección había una casa de dos plantas. Un robusto joven de unos veinte años acudió a la puerta.

–Soy el sargento Sod Harris, de la policía –me presenté enseñando mi placa–. ¿Está Josephine Babcock en casa?

–¿Mamá? –me preguntó, alzando las cejas–. Claro. Pase usted.

Enseguida me acompañó hasta la primera habitación, donde una mujer de pelo entrecano, de unos cincuenta años, y un muchacho alto estaban viendo la televisión.

–Éste es el sargento Harris, de la policía, mamá –anunció el muchacho regordete–. Pregunta por ti.

La mujer me saludó con sorprendida cortesía y me presentó a dos muchachos, sus hijos Fred y George. Estreché la mano de ambos.

–Tome asiento, sargento –me invitó la señora Babcock.

–No me voy a quedar demasiado tiempo –le anuncié–. Tengo bastante prisa. Tampoco pretendo alarmarla, pero tengo mis razones para creer que el Estrangulador de la Noche del Jueves ha espiado esta casa hace cosa de dos semanas. Si acaso lo hizo, decidió no incluirla a usted entre sus posibles víctimas. Así que no se asuste.

Los ojos de la mujer se abrieron con asombro. Los dos muchachos pusieron un gesto un tanto hostil. George, el más joven, se golpeó una mano con el puño pensativamente.

–Si se acerca por aquí, le entregaremos un «regalo mortal» –dijo ostentosamente.

–Estoy seguro de que no vendrá. Únicamente escoge a las mujeres que viven solas. Así que, en caso de que espiara esta casa en algún momento, debe de haberla descartado al enterarse de que aquí viven dos hombres ya adultos. Ahora quisiera que todos ustedes se concentraran en la semana que transcurrió entre los dos primeros asesinatos. ¿Se fijaron en alguien que merodeara por los alrededores o recuerdan algo fuera de lo normal? ¿Un extraño que se acercara a la puerta para vender cualquier cosa, por ejemplo?

Los tres se miraron.

—No recuerdo nada ni a nadie —dijo la señora Babcock.

Tampoco pudieron ayudarme en esto los dos muchachos. Les di las gracias, salí y me dirigí a la segunda dirección.

El apartamento donde vivía Cleo Bachmann estaba en Tower Grove. Ella era una muchacha de unos veinticinco años, que compartía la reducida vivienda con otras tres chicas. Ninguna recordaba haber visto personas sospechosas en las inmediaciones durante la semana anterior al segundo asesinato.

Edith Cable residía en una gran casa de ladrillo, en la Veinte Norte, donde tenía una casa de huéspedes para caballeros. Me encontré una musculosa mujer de sesenta años y pico.

Hasta aquel instante, la teoría de Maggie se iba cumpliendo a la perfección. El Estrangulador de la Noche del Jueves tendría que ser no simplemente un loco, sino tremendamente valiente para escoger una víctima tan rodeada de personas como se hallaban las tres primeras de la letra C de la guía telefónica.

Cuando le expliqué a la patrona de la casa de huéspedes lo que deseaba saber, sacudió la cabeza negativamente.

—Todos los días acuden hombres en busca de habitación; pero no recuerdo a ninguno que actuara de forma sospechosa.

—¿No puede hacer memoria usted sobre algo extraño que le haya ocurrido recientemente? ¿Unas raras llamadas telefónicas, por ejemplo?

Al principio me dijo que no con un movimiento de cabeza, pero luego sonrió.

—Bueno, no se trata de nada siniestro. Recibí una felicitación de cumpleaños un día en que no era mi cumpleaños.

Sentí que un escalofrío me recorría la espalda.

—¿Cuándo sucedió eso?

Pensó durante unos momentos.

—El miércoles antepasado. Trajeron un telegrama de cumpleaños hacia las ocho de la noche. No solamente no era mi cumpleaños, sino que jamás había oído el nombre de la persona que me lo enviaba.

—¿Recibió usted personalmente el telegrama? —le pregunté.

—No. Todo el mundo va a abrir cuando llaman a la puerta. Hubo tres huéspedes que acudieron a la vez, pero no sé cuál recogió el telegrama.

Era fácil adivinar que semejante recepción había desanimado al Estrangulador.

—¿Me permite usar su teléfono? —le pregunté.

—No faltaba más...

Primero llamé a la señora Josephine Babcock. Cuando contestó a la llamada, le informé:

—Soy otra vez el sargento Harris, señora Babcock. ¿Ha recibido usted recientemente algún telegrama de felicitación?

—¡Pues sí!, hace dos semanas —contestó—. Fue una cosa extraña. Se trataba de una felicitación de cumpleaños de alguien que yo no conocía. ¡Y ni siquiera era realmente mi cumpleaños!

—¿Recuerda usted cuándo lo recibió exactamente?

—Mmm... Fue un lunes... ¡Hace dos lunes!

—¿Recogió usted personalmente el telegrama?

—Sí.

—¿Se hallaba presente alguno de los dos muchachos?

Siguió una pausa mientras pensaba sobre aquel asunto. Finalmente, respondió:

—No creo que estuviesen en el cuarto de enfrente, pero estaban dentro de la casa. ¿Por qué?

—No dispongo de tiempo para explicárselo en este momento —le expuse—. ¿Sostuvo usted alguna conversación con el mensajero?

—No, que yo recuerde. Pero... sí. Me preguntó si vivía sola en esta casa tan grande, y le dije que tenía dos hijos.

—Gracias. Tengo prisa —me disculpé—. Hasta luego.

Cuando llamé a Cleo Bachmann, me enteré de que ella también había recibido un telegrama la misma noche en que la señora Babcock recogió el suyo. A través de la puerta abierta, el mensajero había podido ver a las otras tres chicas. Y le preguntó si todas vivían ahí. Cleo le respondió que sí.

Las mujeres que visité vivían a distancias tan separadas entre sí, que había empleado bastante tiempo sólo en ir de un lado a otro en mi automóvil. También me llevó bastante tiempo explicar mis propósitos en cada una de las entrevistas. Después comprobé en mi reloj que eran las diez y diez.

Si el Estrangulador cumplía su patrón habitual, disponía de un margen de tiempo, según calculé yo, debido a que nunca había atacado antes de la medianoche. Llegué a la jefatura a las diez y media.

Sam Wiggens levantó sorprendido la cabeza cuando me vio entrar en la sala de operaciones.

–¿Qué pasa? –me preguntó.

–Creo que ya he solucionado el caso del Estrangulador –le comuniqué.

Me acerqué a mi escritorio y abrí el expediente de Ethel Aarons, para leer el informe *post mortem*. En la cubierta de estas carpetas hay una sección para los datos personales, entre los que se incluye la fecha de nacimiento.

Lo había tenido ante mis ojos y nunca llegué a verlo. La fecha de nacimiento de Ethel Aarons era el 2 de agosto, pero el telegrama firmado por el inexistente Lester Mason le había llegado el primer jueves de octubre.

–Expide una orden de detención contra Peter Hendrix. Sale del trabajo a las nueve, pero puedes obtener su dirección en la oficina de telégrafos –ordené a Sam

–¿De qué se le acusa? –preguntó Wiggens.

–Sospechoso de homicidio. Es el Estrangulador de la Noche del Jueves.

Al ver que se quedaba mirándome boquiabierto, le expliqué:

–Ha estado mandando felicitaciones de cumpleaños por teléfono a mujeres, para poder vigilar sus casas. Pagaba los telegramas desde una cabina pública de teléfonos, depositando las monedas por la ranura y dando nombres y direcciones falsos como remite. Este tipo de telegramas siempre se los entregaban a él para que los llevara a sus destinatarias. Aprovechaba la oportunidad perfecta para espiar a la presa y asegurarse de que ésta vivía sola. Si la cosa no le convencía, enviaba enseguida otro a la siguiente mujer de la lista. Cuando encontraba la víctima adecuada, regresaba a medianoche y la estrangulaba.

Sam cerró la boca y cogió el teléfono.

Mientras se informaba del domicilio de Peter Hendrix, yo estaba hablando por otro teléfono. El primer nombre femenino de la letra D era Lulú Daane.

Contestó una voz masculina, que me informó secamente de que la señora Daane estaba acostada.

–¿Qué es lo que quiere?

–Habla el sargento Sod Harris, del departamento de policía –me presenté–. ¿Con quién estoy hablando?

–John Daane –respondió un poco más cortés–. El hermano de Lulú.

–¿Ha recibido la señora Daane un telegrama extraño últimamente? –le pregunté.

–Oiga, ¡pues sí! –exclamó con sorpresa–. La noche del lunes recogí una felicitación de cumpleaños por telegrama de parte de un bromista a quien nunca habíamos oído mencionar. ¿Se trata de algún negocio sucio?

–Ajá –le respondí–. ¿Recibió en mano la señora Daane el telegrama?

–No. Yo acudí a la puerta.

–Tengo demasiada prisa ahora como para poder explicarle de qué se trata –le indiqué–. Ya lo leerá en los periódicos. Gracias.

Colgué y llamé a la segunda de la lista, que era Vera Daffin.

El martes había recibido una felicitación por telegrama. Pero en cuanto me enteré de que había una pareja de huéspedes en su casa, comprendí que no se trataba de la que yo quería.

El siguiente nombre femenino de la lista era Sandra

Dahl. También recibió un telegrama la noche del miércoles.

–¿Vive usted sola, señorita Dahl? –le pregunté.

–Oiga, sí –exclamó con un tono de sorpresa–. ¿Por qué?

–En cinco minutos llegará a su casa un oficial de la policía. Le ruego que cierre la puerta con cerrojo y no deje entrar a nadie hasta que cuente con protección. ¿Comprende? ¡No abra a nadie!

–Me está usted asustando –susurró con voz temblorosa–. ¿De qué se trata? ¿Del Estrangulador?

–No hay por qué preocuparse –la tranquilicé–. Llegará un policía dentro de pocos minutos.

Corté la charla telefónica. Luego llamé a Comunicaciones, expliqué lo que estaba pasando y pedí que enviasen el coche patrulla más cercano a la casa de Sandra Dahl. Cada una de las diversas explicaciones me había llevado tanto tiempo, que ya eran las once y cuarto. Lancé una mirada interrogativa a Wiggens.

–Acaba de llegar un informe sobre Hendrix –me anunció–. No está en su pensión.

–Entonces es que tiene intención de ir a casa de la señora Dahl –me alarmé–. ¿Crees que debemos acordonar la zona?

–No es más que un tipo raquítico con un alambre en la mano. Creo que bastaría con dos patrullas para controlarle –opinó encogiéndose de hombros.

–De todas formas, creo que debo ir a echar una mano –decidí.

La dirección era la calle Lindell, justo después de Grand. Mi reloj marcaba las doce en punto cuando me detuve frente a un edificio de piedra de dos plantas. Y a menos de veinte metros de distancia estaba aparcado, en la otra acera, un coche patrulla de la policía sin sus ocupantes. Me lamenté irritado. Debería haber tenido la precaución de indicarles que aparcaran lejos de allí.

Aquel edificio debía de ser una casa de apartamentos, supuse al aproximarme a su amplia entrada. La puerta estaba cerrada, así que pulsé el timbre. Abrió un policía uniformado que llevaba el arma reglamentaria en la mano.

—Sargento Harris, de Homicidios. ¿Todo va bien? —le pregunté mientras le mostraba mi placa.

—Claro —dijo abriéndome el paso—. En todo caso no veo cómo podría el Estrangulador atacar a la chica en este sitio.

Me encontré en un amplio, pero desierto, vestíbulo iluminado por una sola bombilla. Había un pasillo, también con poca claridad, que conducía al interior del edificio.

—¿Qué lugar es éste? —pregunté.

—Un pabellón para trabajadoras jóvenes. Todas tienen cuartos individuales, pero aquí se encuentran dos docenas de mujeres además de la encargada. Mi compañero se halla arriba, en la habitación de la señorita Dahl, en la segunda planta.

Sentí que un escalofrío me recorría la espalda.

—¿Dónde hay un teléfono? —grité.

Me miró muy sorprendido e indicó con un dedo al otro lado del vestíbulo.

—Ahí.

La siguiente D femenina de la guía era Evelyn Dane. Me alivió el hecho de que residía en Delmar, a poca distancia de allí.

Cuando contestó el teléfono, su voz me pareció de alguien que acaba de despertarse de un profundo sueño.

Terminé de despejarla al decirle:

—Habla el sargento Sod Harris, de la policía, señorita Dane. Perdóneme por molestarla a estas horas, pero es urgente. ¿Ha recibido algún telegrama recientemente?

—¡Pues sí! —respondió muy sorprendida—. A tempranas horas de la noche recogí uno felicitándome por mi cumpleaños. ¡Y ni siquiera es mi cumpleaños!

Me invadió un sudor frío.

—¿Vive usted sola?

—Sí.

—¿Qué tipo de casa tiene?

—Un apartamento de cuatro habitaciones, en la planta baja.

—Escúcheme con atención —le pedí—. Tenemos razones para creer que el Estrangulador va a hacerle una visita. En cinco minutos llegaremos otro policía y yo. Cerciórese de que los cerrojos están echados y no permita que nadie entre hasta que lleguemos nosotros.

—Está bien —aceptó con una voz muy asustada.

Colgué y le dije al policía:

—Vamos. Necesito que vengas. Vestido de civil, me puede confundir con el Estrangulador.

—¿Y qué pasa con el compañero que está arriba? —me preguntó.

—¡Al diablo con él! —le gruñí—. ¡Vamos corriendo!

Lo logramos en cuatro minutos. En aquella ocasión se trataba de una casa de apartamentos de cuatro unidades, con entradas independientes para cada vivienda. La dirección que llevábamos correspondía a una que se encontraba a la izquierda y en los bajos.

Justo cuando llegué ante la puerta sonó un disparo en el interior.

Traté de abrirla, y encontré que estaba cerrada... Rompí un cristal con la culata de la pistola, metí la mano y desplacé un cerrojo lateral. Luego tuve que mover el pestillo que inmovilizaba el picaporte de la puerta para poder abrirla.

No había ninguna luz encendida en toda la casa, pero, cuando entramos, se encendió una en la parte de atrás.

—¿Es la policía? —preguntó una voz femenina.

—Sí —dije con un tono fuerte, abriéndome paso hacia la voz.

La habitación que se había encendido era la cocina. En el umbral que la separaba del cuarto de estar se encontraba una esbelta pelirroja, muy bella, vestida con un camisón transparente. Sostenía en una mano una pequeña pistola con cachas de nácar y en la otra una linterna.

Un poco más lejos de la puerta trasera, que permanecía abierta, yacía el cuerpo de Peter Hendrix. Sostenía en una mano una placa de plástico y en la otra una cuerda de piano. Llevaba gruesos guantes de cuero.

—Acababa usted de colgar cuando escuché los pasos de este monstruo en la puerta de atrás —me contó la muchacha con una voz ligeramente aguda—. Yo había comprado esta pistola, así que fui a mi cómoda para cogerla, y también la linterna. Apagué las luces del dormitorio. Las demás no estaban encendidas. Permanecí alerta hasta que se abrió la puerta. Entonces encendí la linterna y vi el alambre en su mano. Así que le disparé...

Nos dirigió una débil sonrisa, y cayó desmayada en el suelo.

Desgraciadamente, Peter Hendrix había recibido la bala en pleno corazón, por lo que no pudo responder a ninguna pregunta. Cuando se investigó su pasado, descubrimos, como es usual en tales casos, que arrastraba un largo historial de enfermedades mentales.

Me hubiera gustado hacerle una pregunta. Todavía me obsesiona y sigue siendo un misterio: ¿por qué siempre escogía los jueves?

Giro a la derecha

James Holding

–Con toda certeza te van a atrapar, con esa acusación por secuestro –me advirtió mi abogado–. El jurado ni siquiera tendrá que salir a deliberar, ¿verdad?

–Es posible –admití.

–Y en eso te va el cuello, Beau. Debes comprenderlo. Pues en este Estado el secuestro conlleva la pena capital. ¡A que ya lo sabes!

–Sí.

–Entonces, ¿cómo lo vamos a plantear? –preguntó Levin, haciendo unos ademanes exagerados con sus manos de anchos dedos.

–Dígamelo usted –le exigí–. Para algo es el abogado que cobra más caro. Usted es el que tiene más estudios y educación. Yo perdí la confianza en mí mismo, por lo menos desde ayer por la noche.

Levin movió la cabeza.

–No me extraña. Pero sugiere tu única posible defensa: demencia. Demencia transitoria. Eres una especie de loco, Beau. Un orate. Secuestraste a Janie Pharr en un momento de ofuscación mental. ¿Entendido?

–¡Qué remedio! –consentí a regañadientes–. Pero no me gusta. Yo no estoy loco, amigo. Si hay algo que yo no soy, es un chalado. Siempre he hecho las cosas de manera sana, sensata y relajada. Cualquiera que me conozca le podrá decir lo mismo. Estoy tan cuerdo como usted.

–¡Ja, ja! –se burló Levine–. Me río. Cuerdo, dice el muchacho. ¿Acaso no ocurrió todo tal como lo describen los periódicos?

–Pues sí.

–Entonces, permíteme repasar los datos para que tú mismo me digas si eres una persona cuerda. Estabas hospedado en el mismo hotel de Riverside que los Pharr: el viejo millonario, su esposa y Janie, su pequeña hija de diez años. ¿Voy bien?

Asentí con un movimiento de cabeza.

–Usted lo sabe, amigo.

–Conforme. Se te ocurre hacer esta pequeña travesura del secuestro. Te llevaste a la pequeña Janie Pharr anoche, cuando estaba sola en la terraza, enfrente del hotel. La metes en el auto que robaste, le tapas la boca con cinta adhesiva, la atas de pies y manos, y la colocas en el suelo de la parte trasera del coche. ¿Me equivoco?

–Tal como lo cuenta, parece fácil –le contesté–. Pero así fue más o menos.

–¿Y luego qué es lo que haces? Te diriges a Campbell's Crossing. Ya te has escapado limpiamente. Sabes que durante dos horas nadie va a echar en falta a Janie. A esas horas ya hubieras llegado a Campbell's Crossing, abandonado el coche robado y trasladado a la pequeña al pequeño yate que habías alquilado con un nombre falso. Y te hubieras podido alejar rápidamente de la caleta con todo el mar a tu disposición para perderte, hasta que fueras a recoger el rescate. ¿Verdad?

–Medio millón de dólares –susurré, recordando–. Iba a pedirles toda esa pasta.

–Pero no llegaste hasta Campbell's Crossing –recalcó Levine formando una sarcástica sonrisa con sus labios finos–. Tenías a la niña. Tenías tiempo de sobra, antes de que dieran la alarma, para escaparte limpiamente. Se podía decir que ese montón de dinero ya era tuyo.

–No se aproveche –le advertí.

No me hizo caso alguno.

–¿Y qué es lo que hace nuestro sano y sensato secuestrador en el momento crucial del desarrollo de su crimen? –me preguntó Levine, paseándose de un lado a otro un par de metros, como si se estuviera dirigiendo al jurado–. ¿Qué fue lo que hiciste, Beau? –me espetó.

–Me quedé dormido –reconocí con tristeza.

Se encogió de hombros como si le molestara la ropa, y me lanzó una mirada triunfal.

—¿Ves? Yo jamás había oído hablar de una acción tan sana y sensata —me soltó con sarcasmo—. Estacionaste tu coche robado a un lado de la carretera, teniendo el cuidado de separarte de los arcenes de la misma y... ¡te quedaste totalmente dormido!

—No quería causarle ningún daño a la niña —me disculpé.

La voz de Levine se volvió ronca.

—Claro que no. Naturalmente. Así que te saliste de la carretera... ¿Y te parece un acto sano y sensible escoger aquel momento para echarte una siesta?

—No sé lo que me sucedió —vacilé—. Fue la sensación más extraña, como si estuviera a punto de desmayarme o de caerme... ¿Me entiende? No fue exactamente como quedarse dormido.

—Fuera lo que fuera, el caso es que te echaste un sueñecito, Connors. Porque así fue como te encontraron esos generosos turistas, cuando se detuvieron para ver si te sentías mal, si necesitabas ayuda... Totalmente dormido frente al volante del coche, un poco ladeado. Y en la parte posterior, aquella bendita pareja descubrió a una niña de diez años atada y amordazada. No podrás culparla por haber llamado a la policía, ¿verdad?

—No —acepté—. Pero tampoco entiendo qué fue lo que me pasó. No estuve bebiendo. Tampoco ingerí ninguna droga. No tenía sueño. Me sentía alterado, sin duda. ¿Quién no lo estaría en medio de un secuestro? Continuamente echaba un vistazo al asiento trasero, que tenía a mis espaldas, para ver si la niña estaba bien... que no se estuviera asfixiando a causa de la cinta adhesiva que llevaba sobre los morros, ¿sabe? Pero me sentía fenomenal. Luego, súbitamente, dejé de encontrarme bien. Cuando recobré el conocimiento, ya me tenía en sus manos la policía.

—Y el médico que te examinó, cuando anoche te detuvieron, concuerda contigo en que no estabas borracho, ni drogado, ni a punto de sufrir un ataque cardíaco. Así que acéptalo, amiguete. Te habías vuelto loco. Tenías que estarlo para dormirte en la mitad de un secuestro. ¿No es cierto?

–Es posible que así sea –admití finalmente–. Pero, desde luego, yo no me sentía así.

–Los locos nunca se atreven a reconocerlo –ironizó Levine–. En todo caso, lo usaremos como argumento para la defensa. Y Beau –añadió, dedicándome una mirada de verdadera conmiseración–, si realmente te... mmm... te falta un tornillito, no te preocupes, hijo. Probablemente se trate de algo pasajero. Te salvará de la silla eléctrica.

Consultó su reloj.

–Te enviaré un par de psiquiatras para que te echen un vistazo. Y ahora, hasta luego.

Los loqueros que Levine me envió eran unos tipos bastante agradables, pero, créanme, hablaban a un nivel muy superior al mío. Me hicieron preguntas muy raras; charlaban con doble sentido y empleando unos términos técnicos. Me pidieron que hiciera algunas pruebas, lo cual me obligó a pensar que eran ellos y no yo quienes necesitaban atención médica. Pero, al fin, acabaron convenciéndose de que probablemente yo estaba loco, por echarme a dormir en pleno secuestro.

–No pudo soportar la tensión –se decían el uno al otro–. Es muy natural que presente síntomas regresivos.

Y cosas por el estilo. Tuve que admitir que el hecho de quedarme dormido, cuando estaba cometiendo un crimen por el cual me podían freír, era un verdadero síntoma de regresión. Después de todo y tomando en consideración mi conducta, desde entonces me preocupó más saber que estaba loco que recordar que era un secuestrador al que habían agarrado con las manos en la masa. Hasta que llegó el día de mi juicio.

El testimonio que presentaron Janie Pharr y sus padres, los conductores que se detuvieron para prestarme ayuda en el camino, así como el de los policías que me detuvieron, consiguió que no quedase duda alguna en las mentes de los jurados de que yo era un asqueroso secuestrador a quien habían pillado con las manos en la masa. Y mi abogado, Levine, no podía hacer nada contra aquello, excepto machacar insistentemente durante el interrogatorio sobre el curioso hecho de que yo estuviese echando una siesta cuando me detuvieron. Para dar a entender, sin demasiada sutileza, que ningún secuestrador en sus cabales podría tener semejante conducta sabiendo que, en caso de detención, nada le libraría de una sentencia de muerte.

Muy pronto resultó obvio que el jurado se mostraba de acuerdo con Levine en el hecho de que yo estaba más loco que una cabra. Me lo indicó la manera furtiva y temerosa que tenían de lanzarme miradas de reojo. Así que las cosas iban bastante bien por nuestro lado. Levine tenía preparados a los dos loqueros, para que presentaran testimonio de mi trastorno cuando les llegara el turno. Y me había entrenado para que actuara de forma confusa y dubitativa cuando me sentara en la silla de los acusados.

–Ya lo hicimos, Beau –susurró Levine por la comisura de sus labios.

Luego la acusación llamó al banquillo al doctor Julius Sanderson. Le reconocí como el médico que me examinó cuando me llevaron a la comisaría. Se acomodó con calma en el banquillo de testigos y, desde aquel momento en adelante, mi juicio se volvió tan loco como se suponía que yo estaba.

Una vez que el juez le consideró apto para declarar, el fiscal se dirigió a él.

–¿Ha tenido ocasión de oír el apodo con el cual se han referido al acusado varias veces en este tribunal, doctor?

–Sí, señor.

–¿Y qué apodo es ése?

–Beau.

–¿Y qué piensa usted que significa, doctor? ¿Quizá que el acusado viste con elegancia?

–Sí. Yo diría que sí, en vista de la forma de vestir tan cuidada que mostraba cuando me lo trajeron, para que le examinara, la noche de su detención.

–Ya veo.

–Protesto, Señoría. Está claro que este comentario no viene a cuento.

–En tal caso, no puede perjudicar a su cliente –reconoció el juez, que ya parecía muy interesado en el extraño testimonio del doctor Sanderson–. Prosiga, abogado.

–Doctor Sanderson –continuó el fiscal–. ¿Nos puede decir qué tipo de camisa llevaba el acusado la noche de su detención?

–Una blanca, muy limpia, con cuello postizo. El cuello estaba muy almidonado.

–Gracias. Ahora, ¿nos podría decir, por favor, si el acusado, en la noche de su detención, se hallaba bajo los efectos de unas píldoras somníferas, alcohol, drogas o de un ataque cardíaco, embolia o algo parecido que pudiera obligarle a detenerse a un lado de la carretera para echar la siesta mientras cometía un crimen capital?

–Por lo que yo he podido comprobar, no sufría ninguno de esos efectos. Parecía gozar de muy buena salud en todos los sentidos.

–Pero usted ha escuchado decir a los policías que le detuvieron mientras dormía la siesta.

–Sí. Todo el mundo lo comentaba. Y por eso, desde luego, quise examinarle.

–¿Y qué pensó entonces?

–Deduje que el tipo estaba chalado –afirmó sonriendo.

Levine me dio un codazo.

–¡Caramba! –exclamó quedamente–. ¡Su propio testigo lo admite!

El fiscal ni siquiera se concedió una pausa.

–¿Y todavía opina lo mismo?

–No, señor. He cambiado de parecer desde entonces.

–Ya veo. ¿Y qué fue lo que le ha hecho modificar su opinión?

–El testimonio de la propia secuestrada cuando se sentó ayer a declarar.

–Específicamente, ¿qué parte de su testimonio?

–Aquélla referente a esos giros hacia la derecha.

Levine se puso de pie de un salto.

–¡Protesto! –gritó.

El juez golpeó con su mazo.

–Denegada la protesta –le indicó a Levine, mostrando en aquel instante un gran interés–. Permita que el doctor acabe su testimonio. ¿Sin duda piensa aclarar este extraño testimonio?

Se dirigió al fiscal para que el hecho siguiera pareciendo legal.

–¡Claro está, Señoría! Ahora, doctor, ¿podría explicar qué ha querido decir exactamente con esa frase de «giros a la derecha»? Díganoslo con sus propias palabras, por favor.

–Bien, Janie Pharr nos contó cómo el acusado, mientras recorría la distancia entre Riverside y Campbell's Crossing, giraba constantemente la cabeza para observar sobre su hombro derecho mientras ella permanecía atada y amordazada en la parte posterior del coche –explicó el doctor.

–Sí –dijo el fiscal–. Consta en actas.

–Y de repente –continuó diciendo el doctor–, empecé a recordar un oscuro caso que había leído cuando estaba en la facultad de Medicina. Se trataba de un diagnóstico que hizo, según recuerdo, un famoso médico de la Clínica Mayo.

–¡Protesto! –gritó Levine, aunque se notaba que era sólo por no dejarle hablar, ya que resultaba obvio que tenía aún menos idea que yo de lo que estaba sucediendo. Y el juez aún menos, por lo que se podía observar. Se le veía inclinado sobre su estrado, demostrando abiertamente que deseaba oír muchas cosas más.

–Denegado –rechazó secamente–. Continúe usted, abogado.

–Y ahora le pregunto a usted, doctor Sanderson –dijo el fiscal–. ¿Qué tienen que ver estos giros a la derecha, como usted los llama, en la perpetración del crimen?

–Mucho –dijo el doctor Sanderson, expresándose con poca elegancia–. Son la causa de que el acusado se haya detenido a dormir la siesta en pleno secuestro.

Esta afirmación provocó gran expectación. Todos se pusieron a hablar a la vez, hasta que el juez volvió a golpear sobre la mesa con el mazo.

–¡Silencio! –gritó–. Con este barullo no puedo escuchar el testimonio. Prosiga, abogado.

–Y usted –advirtió dirigiéndose al doctor Sanderson–, recuerde que no es éste un lugar para tomarse las cosas a broma. Hoy, en esta corte, se decide sobre la vida de un hombre.

Entonces todo el mundo se me quedó mirando, como si se hubieran olvidado de qué trataba todo el asunto.

Sanderson bajó la cabeza ante el juez.

—Pido perdón —se disculpó—. Me temo que no lo estoy expresando correctamente.

—Hasta ahora va bastante bien —dijo el juez con los ojos brillantes—. Si es que realmente habla en serio.

—Rotundamente. Como jamás en mi vida —afirmó el doctor, dejando a un lado al fiscal para dirigirse directamente al juez—. Como doctor en medicina, me interesé en comprender la causa que pudiese explicar las razones para que el acusado se detuviera y se echara una siesta en un momento como aquél. Me di cuenta de que podía ser el resultado de un trastorno mental, en lo cual se basa el argumento de la defensa. Como ya dije, al principio yo también pensaba que el acusado estaba loco. Pero me pregunté a mí mismo si la siesta que se concedió el acusado no se podría deber a otra causa. ¿Acaso no tenía otra explicación, en base a alguna otra razón de índole física o anatómica? Porque, en el momento de su detención, este joven me pareció perfectamente equilibrado... antes de que él hablara con su abogado.

—¡Protesto! —gritó Levine—. ¡Está refiriéndose a mí de una forma despectiva!

—Es posible que no le venga nada mal la publicidad antes de que este asunto concluya —afirmó el juez—. ¡Denegado! Que prosiga la acusación. Pídale al testigo que clarifique sus declaraciones.

—Clarifique usted, doctor —aconsejó el fiscal.

—Pues bien —dijo el médico—. No me es posible aclararlo sin utilizar términos técnicos. Algunos al menos.

—Pues expréselo con términos técnicos —consintió el fiscal con una gran sonrisa dibujada en su rostro.

—La pista la obtuve —expuso el doctor con modestia— mediante el testimonio de Janie Pharr, y el hecho de que el acusado llevara un cuello de camisa almidonado, aparte de ese historial del caso que he mencionado anteriormente. Debí percatarme de ello antes. Pero ya no me cabe duda. Y lo hubiese hecho si realmente se hubiera sometido al paciente a un examen completo cuando le detuvieron.

En aquel momento, el juez se dejó llevar por la impaciencia y no pudo contenerse.

–¡Déjese de excusas y describa los hechos! –espetó al testigo–. Este tribunal no puede perder el tiempo en divagaciones.

Entonces Sanderson lo soltó todo:

–La única hipótesis razonable que puede explicar el comportamiento del acusado, Señoría, es que era muy sensible, se podría decir hipersensible, en su seno carotídeo derecho. Las arterias carótidas, como quizá usted sepa, llevan hasta el cerebro el suministro de sangre y el oxígeno vital. Si se corta el flujo de la sangre que pasa por una de estas arterias, o si se interrumpe con la suficiente frecuencia, es usual que se provoque una privación de sentido, o un desmayo, si usted prefiere. Sin embargo, no es preciso que suceda simultáneamente. A veces ocurre de una forma tan gradual, que cabe la posibilidad de que la persona sienta que le sobreviene, con lo que dispone del suficiente tiempo para sacar un coche de la carretera y apagar el motor antes de perder el conocimiento totalmente. Y me parece que fue precisamente eso lo que le ocurrió al acusado...

–¿Quiere usted decir que una interrupción tal del suministro de sangre en la arteria carótida derecha causó la pérdida de conocimiento, de modo que pareciese que estaba dormido? –preguntó el fiscal.

–Precisamente.

–¿Puede explicarnos las razones?

–Creo que ya lo he hecho. Cada vez que el acusado giraba la cabeza bruscamente por encima de su hombro derecho, para ver cómo estaba la niña en la parte posterior del coche, el borde del cuello tan almidonado presionaba, ejerciendo cierta alteración sobre el seno carotídeo. No serían necesarios demasiados giros de la cabeza hacia el lado derecho para provocar una pérdida de conocimiento. De hecho, Señoría, tengo la absoluta certeza de que el acusado no sufre ningún trastorno mental, como arguye la defensa. Sencillamente, tiene extremadamente sensible el seno carotídeo derecho.

Levine, mi abogado, se puso de pie de un solo salto.

—¡Esto es ridículo! —aulló, en despecho total del protocolo de un tribunal—. ¿Pretende usted sentarse ahí para decirme, doctor, que un cuello duro y los giros de la cabeza provocaron que mi pobre cliente trastornado perdiese el conocimiento? En todo caso, ¿qué es ese seno carotídeo del que habla? ¡Jamás había oído a nadie mencionar algo tan absurdo!

Levine se me acercó y me tomó por el cuello, justo donde se une el hombro derecho con el cuello.

—¿Dónde se localiza? ¿Aquí?

Se acercó al jurado con un gran gesto de desprecio.

—Les voy a demostrar las verdades que este matasanos pretende divulgar con su testimonio. ¡Miren!

Me apretó fuertemente con el pulgar en el lado derecho del cuello...

Un poco después, cuando recobré el conocimiento y puse mis pensamientos en orden, miré a Levine y le hice una pregunta.

—¿Y ahora quién es el que está chalado, abogado?

—Tu abogado defensor —reconoció furioso—. ¿Quién más?

Así que mañana me van a ejecutar en la silla eléctrica. Pero no tengo palabras para expresar lo aliviado que me siento por saber antes de morir que no soy ningún chalado. Después de todo, sólo soy un secuestrador con una carótida muy sensible.

Ganar un espacio

Richard Hardwick

Murray había oído hablar del primer asesinato, presenció el segundo y casi fue víctima del tercero. Era sábado, el día que tenía libre en la zapatería donde trabajaba. Y se encontraba cuidando al pequeño Bobby mientras Helen Brewer había ido a hacer la compra al mercado. Todo sucedía como muchos otros fines de semana en las mañanas de los últimos meses. El niño estaba acostado en el suelo, viendo películas de vaqueros en la televisión, con el sonido bajo en atención a Murray, que permanecía sentado estudiando los libros de texto sobre contabilidad. Esta asignatura no era nada fácil, y él dedicaba estas fechas para repasar los temas de los activos y los pasivos.

Sin embargo, el abrupto estampido de un balazo interrumpió sus pensamientos. Había sido demasiado fuerte como para provenir del televisor. Lanzó una mirada a través del cristal de la ventana, justo en el momento en que un hombre salía corriendo desde la compañía de préstamos Acme, situada al otro lado de la calle Mintner. El extraño llevaba una pistola en la mano derecha, y se detuvo en la acera como si estuviera indeciso.

Pero le ayudaron a tomar una decisión. A lo largo de toda la calle, la gente se estaba metiendo en los portales o se escondía tras los coches estacionados. Alguien llamó a gritos a un policía, que en aquel momento dobló una esquina. El agente empezó a correr hacia el hombre, esforzándose por sacar su arma de la funda. Pero el extraño levantó la suya. Saltó tres veces en su mano, y los disparos se escucharon en la calle con infinidad de ecos. El policía tropezó de pronto y cayó sobre el pavimento.

El asesino ya no lo dudó más. Atravesó la calle corriendo, dirigiéndose directamente al edificio de apartamentos, justo debajo de la ventana de Murray. Luego se volvió con rapidez y disparó dos balazos más en la dirección opuesta. Por último, entró velozmente en el edificio.

Los sucesos fueron increíbles, tan extraños, que momentáneamente parecieron ajenos a la realidad. Y Murray se quedó como paralizado en su silla, mirando fijamente la calle. Pero, en el instante en que el hombre armado desapareció de su vista, la realidad le golpeó con fuerza. El intercambio de balazos había sido indudablemente real. No podía ser un espejismo el cuerpo del policía que yacía sobre la acera. Además, el asesino se encontraba en el interior del edificio mientras, al otro lado de la habitación, la puerta abierta de la casa de Murray, en la parte superior de las escaleras, invitaba a entrar.

El contable saltó de su silla corriendo, brincando sobre Bobby. Pensó que el asesino debía de haber subido las escaleras de dos en dos peldaños, pues, cuando él apenas había alcanzado el centro de la habitación, el pistolero ya se encontraba quieto en el pasillo. Los ojos de ambos se encontraron durante un breve instante y, luego, el asesino entró, cerró de un portazo y echó los cerrojos.

Su mirada recorrió la habitación.

—¿Hay alguien más aquí, aparte de usted y el niño?

—Pero ¿qué pasa?

Movió su gran pistola automática con gesto impaciente.

—¡Basta de labia, estúpido! ¡No tengo tiempo para juegos!

Murray miró de reojo al pequeño de cuatro años, que contemplaba asombrado al intruso.

—No —contestó—. Aquí sólo estamos nosotros dos.

El hombre pasó rápidamente por su lado y examinó el dormitorio, la cocina y el cuarto de baño hasta que quedó satisfecho. Luego se acercó cautelosamente a la ventana y se asomó, colocándose a un lado.

—Lo que es la mala suerte... —susurró.

Repentinamente, se empezó a dejar oír el sonido creciente de las sirenas de la policía desde ambos lados de la calle. Se produjeron gritos y ruidosos pasos de gente que corría.

Murray sintió que algo le rozaba la mano. Era Bobby, que se había pegado a sus piernas.

–¿Quién es este hombre, tío Gene?

El pistolero observó brevemente al niño.

–Un amiguete de tu tío, pequeño. Ahora quédate callado como un buen chico.

–Vi cómo disparaba contra el policía –dijo Murray–. ¿Por qué?

–Primero lo hice contra ese idiota de la compañía de préstamos. Debió tener más sesos antes de tratar de sacar su pistola. ¡Ni que ese miserable dinero le perteneciera! –Se acercó a Murray como tratando de evaluarlo–. En cuanto al polizonte, era una cuestión de él o yo.

–Hay gente que le ha visto entrar al edificio. La policía vendrá a por usted.

El pistolero volvió a asomarse a la calle.

–Ya hay policías por todas partes.

Se dio la vuelta y quedó en cuclillas frente al niño, con el arma todavía en la mano.

–¿Cómo te llamas, pequeño?

El chico miró a Murray, como queriendo consultarle; luego contestó:

–Bobby.

El hombre le tomó de la mano y le arrastró hasta una silla que se encontraba lejos de la ventana.

–Súbete a mis piernas, Bobby. Vamos.

Murray avanzó un paso hacia ellos.

–¡Deje al niño en paz! ¡No le haga daño! –exclamó con los brazos extendidos hacia él, esperanzado.

El cañón del arma se movió y apuntó hacia el contable.

–No me gusta que la gente me diga lo que debo hacer, señor. Usted sabe bien el tratamiento que les di a esos tipos afuera, ¿verdad? Le podría suceder lo mismo.

–Escuche. Yo sólo cuido a mi sobrino mientras su madre va de compras. Ni siquiera vive aquí.

–Como usted mismo ha dicho, los polizontes saben que me encuentro en este edificio. Subirán dentro de poco.

El cañón de la pistola dejó de apuntar a Murray y se posó suavemente contra la cabeza del niño.

–Van a tener que llegar a un acuerdo conmigo, mi estúpido «hombrecito». No les quedará más remedio que hacerlo.

Desde la muerte del teniente Jim Brewer en Vietnam, hacía ocho meses, Murray había empezado a sentirse como el padre alquilado del niño. No se trataba de ocupar el lugar del fallecido. Bobby tenía poco más de tres años cuando sucedió, y su padre llevaba casi un año al otro lado del mar, antes de la tragedia. Era imposible que le quedase algún recuerdo de aquél.

Murray pensó que él y el niño se habían sentido atraídos el uno hacia el otro desde el principio, cuando se ofreció a cuidarle mientras Helen Brewer iba a la compra. Había otras personas en el edificio de apartamentos que lo hubieran hecho con gusto, pero ella comprendió que era necesario que el niño tuviera la compañía de un hombre. En las semanas y meses que habían pasado juntos, la simple tarea de vigilancia se fue transformando en visitas al zoológico, en tardes de pesca en el parque y, ocasionalmente, en paseos por el campo.

Había algo más que a Murray le ocurrió inesperadamente. Un sábado, hacía pocas semanas, Helen se presentó ante la puerta para recoger a Bobby. Iba cargada de comestibles, tenía el cabello despeinado y le caía un mechón sobre la frente. En aquel momento, él se dio cuenta de todo. Se había enamorado de la joven viuda que vivía al otro lado del pasillo. Ella aún guardaba luto por su esposo, pero Murray estaba decidido a esperar. Mientras tanto, Bobby y Helen fueron para él una especie de familia durante los fines de semana.

Y, sin embargo, fue necesario que viera el cañón de la pistola apoyado sobre la cabeza del niño para comprender que lo consideraba también una responsabilidad suya. A la edad de veinticinco años, jamás había tenido que rendir cuentas a nadie, excepto a sí mismo, sobre su vida personal. Entonces las últimas palabras del pistolero resonaron en su mente, y supo que él era el culpable de lo que estaba pasando. ¿Qué hubiera hecho el padre del niño si hubiera presenciado la escena? Con toda probabilidad hubiese tenido la sensatez de cerrar la puerta nada más ver lo que pasaba afuera, o quizá hubiera buscado una pistola para enfrentarse a balazos con el bandido.

Murray se quedó mirando fijamente al hombre, intentando adivinar su inmediata reacción. Pensó que no llevaría a cabo sus amenazas, a menos que no le quedara otra solución. Tampoco había pánico en los ojos del extraño. Todavía no.

De pronto, llamaron a la puerta.

—¿Hay alguien ahí?

Siguió una breve pausa y, luego, el ruido sordo de la llave al introducirse en la cerradura. Aquello significaba que los policías iban acompañados por el señor Jarmen, el portero del edificio.

—Bueno —ordenó el pistolero—. Dígaselo usted, señor.

Se aclaró la garganta.

—¡No... no pueden entrar! —exclamó con una voz que a él le pareció un ronco susurro.

—¿Señor Murray? Le habla Jarmen. Ha habido un enfrentamiento a balazos ahí afuera, y la policía dice que el pistolero entró corriendo en nuestro edificio. Han rodeado el lugar y están registrando todos los apartamentos.

—¡Deprisa, señor! —pidió la primera voz—. ¡No tenemos todo el día!

—Yo... ustedes no pueden entrar. Está aquí... El hombre que buscan se encuentra dentro. Tiene una pistola y hay un niño pequeño.

Se volvió a escuchar un murmullo de voces en el pasillo. Luego, una voz de mujer se dejó oír sobre todas las demás.

—¡Gene! ¿Está bien Bobby?

Era Helen Brewer. Se figuró el terror reflejado en sus ojos en aquellos momentos.

—Está bien, Helen.

—¡Déjenme entrar! ¡Quiero estar con mi hijo! Por favor...

—Es mejor que vaya abajo, señora —aconsejó una voz—. Sargento, lleve a esta mujer al piso de abajo.

—¡No le pasará nada, Helen! ¡No permitiré que a su hijo le suceda nada malo!

Antes de que las palabras brotaran de su boca, Murray supo lo absurdas que eran, porque se percató del pequeño brillo de desdén que había en la mirada del pistolero.

Seguía oyéndose el ruido de la gente en el pasillo. Dentro de la habitación, el contable casi podía escuchar los latidos de su propio corazón sobre el sonido de las sirenas, las voces en el exterior y el apagado zumbido del televisor.

—Bueno, vamos a ver —preguntó uno de los policías—. ¿Qué es lo que quiere?

—Que me dejen escapar —contestó el pistolero con irritación—. Si tratan de hacer algo, tanto el chico como este tipo morirán. Quiero que me traigan aquí otra pistola; y, luego, necesito un automóvil. Estaciónenlo justo enfrente del edificio y después despejen la calle. ¡Yo, el niño y este sujeto vamos a salir juntos!

En aquel instante, Murray comprendió lo que sucedía. Un plan de huida tan absurdo jamás podría funcionar. La policía no lo permitiría. Jamás dejarían escapar al asesino de un agente.

Helen había perdido a su esposo. Y Murray le prometió en su fuero interno que no perdería a Bobby.

—No tengo autorización para llegar a un arreglo con usted. Tendré que esperar la respuesta del comisario. Esto llevará algún tiempo —se oyó una voz desde el pasillo.

—¡Tienes cinco minutos, polizonte! ¡Pasado ese tiempo, vamos a salir los tres de aquí, sin que a mí me importe lo que ocurra!

Murray se dio cuenta de que estaba mirando la televisión. Incluso sin que el hombre estuviera armado, era mucho más corpulento que él. La promesa que le había hecho a Helen no era más que un propósito sin ninguna base real. Pasó lentamente un minuto. Y también se agotó otro. Los vaqueros cabalgaban de un lado a otro de la pequeña pantalla, disparando incesantemente sus armas. Uno hizo una mueca, se sujetó el pecho y cayó hábilmente del caballo. ¿Cómo se sentiría?, se preguntó Murray. ¿Qué pasaba cuando se recibía un balazo en el cuerpo?

Las armas continuaron disparándose sin cesar en la pequeña pantalla.

Súbitamente, la idea le sacudió como si hubiera recibido un golpe. Concentró su atención en el pistolero, que seguía sentado allí enfrente, nervioso y tenso, con el chico sobre su regazo. Parecía como si Bobby creyera que todo aquello era un juego que habían organizado para él. Por eso parecía tan tranquilo... «Podría resultar», pensó Murray. Aunque había pocas posibilidades.

Miró por la ventana y empezó a contar los disparos: uno en la puerta de la compañía de préstamos, tres en el otro lado de la acera, y dos justo debajo de su ventana. No había tenido tiempo de hacerlo mientras el pistolero subía por las escaleras. Ocurrió con tanta rapidez... Y desde que había entrado en el apartamento, el arma no había dejado de apuntar hacia Murray.

Y éste necesitaba saberlo con seguridad. Volvió a hacer el recuento. Ya no había posibilidad de equivocación. Se humedeció los labios con la lengua y aspiró profundamente.

—¡Han pasado tres minutos! —gritó el pistolero a los hombres que estaban en el pasillo—. ¡Faltan dos, polizontes!

Murray avanzó un paso hacia él.

—Se equivoca en ese punto —se escuchó decir a sí mismo con un tono asombrosamente tranquilo y ecuánime—. Ya no queda más tiempo.

—¿Qué ha dicho? —preguntó el asesino entornando los ojos.

El contable dio otro paso hacia el frente.

—Le repetiré que ya no hay más tiempo. ¡Que voy a por usted!

—¡Tenga cuidado, señor! —gritó el policía detrás de la puerta—. ¡Déjenoslo a nosotros!

—¿Estás loco? —preguntó el pistolero, separando el arma de la cabeza de Bobby para apuntar a la de Murray—. ¡Vuelve al maldito lugar donde estabas!

Murray no respondió. Dio un paso más. El arma le apuntaba directamente y, de pronto, sintió que le temblaban las piernas como una gelatina.

«¿Y si me he equivocado?... Supongamos...» Sacudió la cabeza. No había vuelta atrás. Tenía que hacerlo.

–Te lo advierto por última vez, amiguete...

En aquel momento observó algo nuevo en la mirada del hombre. Se dio cuenta porque él era víctima de la misma sensación. Se estaba fijando en la brillante mirada de temor, y al contable le produjo una descarga de adrenalina. Sus rodillas cobraron fuerza. Se sentía tan invencible como Popeye después de tomarse una lata de espinacas. Sabía que tenía razón.

–¡Ahora! –gritó como un piel roja lanzándose a la batalla.

Y voló por los aires la distancia de tres metros que le separaba del pistolero. Estaba en lo cierto. Y los ojos de aquel hombre lo corroboraron.

Se escuchó un ruido ensordecedor, sintió como si le golpeara un tren en el cuerpo. Sufrió durante un segundo un dolor indecible y, luego, nada...

–Ya está recobrando el conocimiento, capitán –se oyó decir a alguien.

Murray abrió los ojos. Le pareció que retornaba de un largo viaje hacía tiempo olvidado. Después empezó a recordar.

–¡Bobby! ¿Dónde está el niño?

–Se encuentra muy bien, joven. Sano y salvo.

Había tres rostros que se inclinaban sobre él. Correspondían a un hombre y a una mujer, que iban vestidos de blanco. El otro, ajado como el de un perro dogo, debía pertenecer a un policía. Su camisa color crema aparecía un tanto desgastada y llevaba el cuello abierto, con la corbata suelta.

–Soy el capitán Lathman. Yo estaba en el pasillo cuando usted se abalanzó sobre el pistolero. Es un hombre temerario, señor Murray. ¡Temerario... y valiente!

–A todo eso habría que añadir afortunado –corrigió el hombre vestido de blanco–. Unos milímetros más hacia la derecha, y ahora estaríamos hablando sobre usted y no con usted personalmente.

–El asesino debió de sentirse demasiado sorprendido como para apuntar bien –dedujo el capitán.

–Pero yo los conté –dijo Murray–. Tuve mucho cuidado. Debo de haber cometido un error.

–¿Qué es lo que usted contó?

–Los disparos. Según mis cálculos, hizo seis. Y no entiendo cómo pudo recargar su arma delante de mis ojos sin que yo lo viera.

El oficial de la policía se pasó una mano lentamente por su respetable calva.

–¡Oiga, un momento! ¿Me quiere usted decir que se abalanzó sobre él porque creía que su arma no tenía más *balas*?

Murray asintió con la cabeza, sintiendo como incluso aquel leve movimiento le causaba un agudo dolor en el hombro y por todo el brazo.

–Me temo que sí. Pensé que ya había hecho seis disparos.

El capitán soltó un suspiro.

–Ve demasiadas películas de vaqueros. En efecto, contó usted bien. El problema es que el pájaro ese no empuñaba un revólver de seis tiros. Tenía una pistola automática, cuyo cargador lleva siete balas. Le hirió con la última que le quedaba. En cuanto oímos el disparo, derribamos la puerta. Pensábamos que había matado al niño.

«Siete disparos...» Aun así, pensó Murray, a pesar de saber que todavía le quedaba una bala más, lo hubiese tenido que intentar. Bobby estaba bajo su responsabilidad.

El capitán siguió hablando:

–El matasanos dice que no debe hablar todavía con los chicos de la prensa, pero hay dos personas que desean visitarle.

–Una bella joven con un vestido de color amarillo y un niño pequeño –intervino la enfermera con una sonrisa–. ¿Les digo que pasen?

¿Vestido amarillo? ¡Helen ya no guardaba el luto!

Murray sonrió.

–Capitán, ¿un favor? No tiene por qué contarle toda la historia, ¿no le parece? Los contables de zapatería debemos saber ganarnos un poco de prestigio con nuestros actos «no rutinarios»...

Un toque maestro

Helen Nielsen

Durante diez años, Ambrose Du Page se había hecho anunciar como El Mejor Hipnotizador del Mundo. Cuando amainó en su profesión la conmoción de interés provocada por el incidente altamente divulgado de Bridey Murphy, sufrió una reducción inmediata en sus actividades profesionales. Algo que culminó inevitablemente con la creación de la Escuela de Hipnotismo Du Page, situada en el segundo piso de un vetusto edificio de consultorios médicos, en la Avenida Melrose.

Desde la ventana del despacho de su empresa, involuntariamente no lucrativa, el hipnotizador observó la demolición de un almacén de muebles en la manzana contigua. Un hecho propicio que, a su vez, permitió que quedara visible la tienda de «saldos» Blue Cross, que estaba en el edificio posterior. Y allí, protegida solamente por unas rejas de hierro forjado, la ventana trasera dejaba ver que, en el interior de aquel despacho, había una caja fuerte, de dimensiones extraordinarias, a cargo de un gerente. Con un montón de cuentas sin pagar, que crecía día a día, Du Page tenía muy pocos asuntos que ocuparan su tiempo. Así que la caja fuerte empezó a ejercer sobre él un creciente magnetismo.

Mucho antes de que el propio Ambrose, maestro del inconsciente, se percatara de lo que su materia gris estaba fraguando, ya había comprobado que Blue Cross tenía un asombroso volumen de ventas durante los fines de semana, y que, debido a los horarios bancarios, el dinero se tenía que quedar en la caja fuerte desde la hora de cierre del sábado hasta la mañana del lunes siguiente. Con la ayuda de un par de prismáticos de gran potencia, adquirido en la tienda Blue Cross, pudo, además, calcular que los ingresos recaudados durante el fin de semana ascendían hasta cerca de los veinte mil dólares, sin incluir los pagos con cheques, cuyo monto no era posible leer a aquella distancia.

Era una visión realmente inspiradora.

La pasión que la caja fuerte había despertado en Du Page crecía incesantemente. Una mente como la suya, entrenada para aprender y deleitar al público, se recreaba imaginando los mil placeres que su contenido le permitiría adquirir: nuevos equipos, una ayudante con una figura adecuada y una magnética personalidad en iguales proporciones. También un nuevo agente y muchos contratos, y una gran gira por España. Las buenas bolsas, las más tentadoras, se hallaban en este país. Los alargados dedos de la diestra de Du Page acariciaron la canas que empezaban a asomarse a sus sienes. Era muy distinguido, y había conservado la línea. En veinte años no había engordado ni medio kilo de peso. En cuanto a su talento, siempre había estado latente. Permanecía agazapado en su interior, esperando con impaciencia a que se iniciaran las primeras notas de la obertura y subiera el telón para surgir en todo su esplendor.

El cuarto domingo posterior a la demolición, Du Page, con los prismáticos pegados a los ojos, observó cómo un hombre contaba cuidadosamente un montón de billetes de veinte dólares. Era el sexto montón de aquellas dimensiones. Y el hipnotizador había estado anotando con pormenorización, en un cuaderno que tenía ante él, la cantidad que cada uno sumaba. Concentrado en el trabajo, no se percató de que alguien habían entrado en su oficina hasta que le sobresaltó un sonoro hipo. Dio un giro en su asiento, reteniendo en las manos los prismáticos.

—Perdóneme por... ¡hip! molestarle —resolló un hombrecillo con el rostro amoratado—. Pero vi que sus ¡hip! luces estaban encendidas y... ¡hip, hip! ¡... Ya lo he intentado todo!

La última palabra acabó con un patético gemido, a la vez que el hombre se dejaba caer sobre la mesa escritorio. Sus dedos desesperados arañaron la madera y unos ojos enrojecidos suplicaron auxilio. Du Page lo comprendió enseguida. El hombre sufría un severo ataque de hipo y buscaba solución por medio de la hipnosis.

–No todo el mundo puede ser hipnotizado –explicó el doctor Du Page–. Tiene que estar usted abiertamente dispuesto.

–¡Lo estoy! –exclamó el hombrecillo.

El ex mago del espectáculo, a regañadientes, se esforzó para dar la espalda a la caja fuerte que se veía a través de la ventana de la tienda Blue Cross. Pronto empezó con el disco giratorio, y el resultado se obtuvo casi de inmediato. Tanta desesperación tenía aquel hombre, que no ofreció casi ninguna resistencia.

–Ahora debe relajarse –le aconsejó el hipnotizador–. Está respirando con toda normalidad. Ya no tiene hipo. Cuando escuche chasquear mis dedos, despertará y se sentirá totalmente aliviado.

Du Page produjo un chasquido con los dedos, y en el acto se abrieron los ojos del paciente. Había retornado el color natural a su tez y sonrió débilmente.

–¡Gracias, doctor! –exclamó–. Me ha salvado la vida. ¡Usted es un genio!

Exageraba un poquito, pero el hipnotizador agradeció el cumplido. En aquel momento, ya curado del hipo, al adquirir su cara un color normal, le resultó conocido.

–Mi nombre es Wing –se presentó el hombre–. Carmichael Wing.

–Cirujano dentista –añadió Du Page–. Usted es el sujeto que acaba de ocupar la oficina que queda justo debajo... –Se interrumpió para echar una mirada hacia la ventana encendida, donde todavía el gerente seguía contando billetes, y concluyó pensativamente–: Qué extraño que haya tenido abierta su oficina en domingo, especialmente porque no se escucha jamás el sonido de su taladro.

–No puedo hacerlo –explicó Wing–. Carezco de licencia para ejercer.

–Pero usted alquiló...

–Compré –le corrigió Wing–. Adquirí la clínica dental del piso de abajo. Yo ejercía en Arizona, pero, por razones familiares, entiéndase mi esposa, me mudé a California. Ahora no puedo obtener la licencia.

Los ojos de Carmichael Wing buscaron automáticamente la ventana encendida de Blue Cross. Luego vio los prismáticos, que estaban sobre la mesa de Du Page, y las columnas de cifras anotadas en el cuaderno. Y sus mentes se unieron en perfecta armonía.

–Yo todavía tengo los prismáticos que me dieron en el ejército –añadió Wing–. Me gustan más que los que venden en la tienda Blue Cross. ¿Sabía usted que la semana pasada vendieron veintidós mil cincuenta y seis dólares de esa basura de «ventas a plazos», sin incluir el dinero que se ingresó en monedas?

¡Veintidós mil cincuenta y seis dólares!

Ambrose Du Page alzó los prismáticos y volvió a observar aquella ventana. Ya habían acabado de contar el dinero. Se recreó viendo cómo el gerente colocaba los montones de dinero en bolsas de banco y se dirigía a la caja fuerte.

–¿También se ha percatado usted de que el tragaluz que se ve sobre la azotea da directamente a esa oficina? –siguió diciendo Wing como si no se hubiera interrumpido la conversación–. Es de fibra de vidrio, pero de un doble grosor y con una malla de acero y un pesado marco del mismo metal.

–Señor Wing –empezó a decir Du Page.

–Por favor, llámeme doctor –pidió el dentista.

–Doctor Wing, ¿se da cuenta de que lo que usted está sugiriendo se denomina robo?

–No –reflexionó el ex enfermo de hipo–. A menos que se nos ocurra la forma de abrir esa caja fuerte.

Existen asociaciones que se entablan en el paraíso de la codicia. Cuando el hipnotizador reconoció la truhanería que palpitaba en el corazón de Wing, le resultó más fácil aceptar la suya propia. Pero ninguno de los dos sabía cómo abrir una caja fuerte. Sin lugar a dudas, la tienda disponía de un sistema de alarmas y seguramente durante la noche estaba vigilada por alguna de las compañías de seguridad privada. Resultaba claro que el trabajito precisaba de los servicios de un profesional. Pero los que se dedicaban a abrir cajas fuertes no se organizaban en sindicatos, ni se anunciaban en las páginas amarillas.

De repente, Du Page recordó que había organizado en una ocasión una serie de funciones benéficas para cárceles del Estado. Y hurgó ente sus recuerdos, hasta dar con el nombre de Willie Evans, el ladrón que le ayudó como voluntario durante la demostración de sus poderes hipnóticos. Enseguida se puso en contacto con la institución donde aquél cumplía su condena, y se enteró de que había sido liberado bajo palabra hacía ocho meses. Posteriormente había conseguido un empleo en la empresa de herramientas mecánicas Hover, en la ciudad de Culver. Para entonces, el magnetismo que ejercía la caja fuerte de Blue Cross era abrumador. Ambrose Du Page se puso su traje menos gastado, alquiló un pequeño automóvil y se dirigió a la compañía Hover.

A excepción de su piel bronceada, Willie no había cambiado. Era un corpulento joven de facciones toscas, con un léxico muy limitado y una mente sumamente terca. El hipnotizador acudió a buscarle a la salida de empleados cuando acabó el turno y le condujo hasta la cervecería de Artie, situada en el siguiente edificio. Mientras consumían sendas jarras de cerveza, discutieron el negocio que Du Page tenía entre manos.

–¿Quién le ha mandado? –preguntó el ex presidiario con cautela y observándolo de cerca.

–Nadie lo ha hecho, Willie –insistió el hipnotizador–. Debes recordarme: el Gran Du Page. Trabajamos juntos durante una función navideña en San Quintín.

–Ahora me acuerdo –exclamó el joven corpulento–. Pero alguien le debe haber enviado. Ahora todos los trabajos con cajas fuertes los controla el sindicato. Se tiene que hacer por contrato.

–No en el caso de esta caja fuerte. Únicamente dos personas están enteradas del asunto: mi socio y yo. Te queremos ofrecer una participación.

–¿Por qué?

–Te necesitamos. No se puede ser más honesto.

–Ya me he retirado.

–Lo dividiremos en tres partes, Willie. Un mínimo de veinte mil, sin correr riesgos.

–Lo he dejado y me he reformado –insistió el ex presidiario–. Di mi palabra de honor a Genevieve, mi prometida, de que jamás volvería a tocar una caja fuerte. Ya cumplí una sentencia. Con eso basta.

–¡Genevieve! –reflexionó Du Page–. Debe de tener mal genio.

–¡Genevieve es una dama! Se lo probaré a usted –explicó Willie–. ¡Oye, Artie!

El barman levantó la cabeza a la espera.

–Artie, otra ronda –pidió Willie–. Y que nos la sirva Genevieve. Quiero que conozca a una celebridad.

La chica de Willie era una camarera de bar. Du Page se quedó verdaderamente sorprendido cuando ella se acercó a la mesa. Era muy bella y mostraba una cálida sonrisa. Sus ojos ofrecían una tonalidad azulada. Su cabello era de un amarillo oro pálido. Si Du Page hubiera dispuesto de los fondos para contratar una ayudante para su gira por España, no hubiera buscado más después de ver a Genevieve.

Willie hizo las presentaciones y luego habló:

–Genevieve únicamente trabaja aquí por las noches. Su verdadera ocupación es dar clases en una escuela privada. Se dedica a niños retrasados mentales.

–Es un campo altamente especializado –comentó Du Page–. Debo felicitarla.

El ex presidiario rebosaba de alegría.

–Cuando nos casemos, Genevieve va a intentar educarme a mí. Seré el estudiante más retrasado que jamás haya tenido.

–¡Willie! –le regañó Genevieve–. ¡No digas esas cosas! Tienes una mente muy brillante.

–Claro –aceptó el muchacho–. ¿Cómo no? Jamás se ha usado.

Ella arrugó la nariz de forma deliciosa, mientras mostraba su enojo a Willie. Daba todas las muestras de ser una mujer enamorada.

«Con un instinto maternal», pensó Du Page. Había mujeres que eran así: siempre atraídas por algún perdedor a quien poder rehabilitar. Se preguntó si Willie estaría a la altura de ella.

Después, Genevieve regresó a la barra, moviendo graciosamente, y sin malicia, las caderas. Du Page se dirigió a Willie con un comentario poco inocente.

—Vale, me parece que no hay más que decir, amigo —suspiró—. Ahora que he visto a Genevieve, puedo comprender por qué vas a retirarte.

—Es maravillosa, ¿verdad? —recalcó el ex presidiario.

En aquel momento, ella estaba detrás de la barra, sonriendo y charlando con media docena de clientes admiradores suyos. Parecía que Willie se sentía muy seguro de ella al permitir que se expusiera de aquella forma.

—¿Cuándo tenéis pensado casaros? —preguntó Du Page.

—En cuanto haya ahorrado mil dólares —contestó el joven corpulento—. Genevieve ya tiene guardada su parte, pero quiere que empecemos con absoluta igualdad de condiciones. Solamente llevo ocho meses libre, y ya he podido ahorrar trescientos veinte dólares.

—Espléndido —musitó Du Page—. A ese paso, Willie, solamente faltan unos diecinueve meses y medio para que tú y Genevieve os podáis casar. Quiero expresaros a ambos mi felicitación.

Du Page puso a un lado la jarra de cerveza y se levantó. Había sembrado la semilla en tierra fértil. Sintió cómo los ojos repentinamente ansiosos del ex presidiario le pedían que se quedara.

—¿Diecinueve meses y medio? —se preguntó Willie, como si su voz fuera un eco.

—O un año y siete meses y medio —respondió Du Page, sonriendo con amabilidad al alegre grupo reunido ante la barra—. Espero que tu Genevieve sea una novia muy paciente...

Apenas cuarenta y ocho horas después, entró el ex presidiario en el despacho de Du Page. Ni siquiera había querido perder tiempo regresando a casa después del trabajo. Llevaba puesta la ropa de faena y hasta traía su fiambrera.

—Diecinueve meses y medio es demasiado tiempo de

espera –admitió Willie–. He estado pensándolo... ¡Es casi tanto tiempo como el que pasé en prisión!

–Igual que cumplir una segunda condena, amigo –convino Du Page.

–Sí que lo es. ¿Y sabe una cosa? No creo que pueda soportar tanto tiempo. Es que el ver todos los días a Genevieve...

–... Con todos esos hombres que la rodean...

–A tal papeleta iba. Du Page, ¿dónde se encuentra esa caja fuerte de que me habló?

Du Page sacó sus prismáticos y se los entregó a Willie. Luego le señaló la ventana al lado derecho del edificio de enfrente y le soltó las riendas. Todavía era de día, pero las luces de la oficina del gerente, en el Blue Cross, estaban brillantemente encendidas. Y en aquella ocasión no había nadie que tapara la vista de la caja fuerte. Varios minutos después, Willie bajó los prismáticos.

–Es un juego de niños –afirmó–. Yo me inicié con una caja igual que ésa. ¿Cómo llegaré hasta allí?

–A través del tragaluz que está en la azotea –contestó Du Page–. Cuando hayamos conseguido abrirlo, yo sostendré un cable por el que tú bajarás hasta la oficina. Wing controlará los movimientos del vigilante nocturno. Hemos estado marcando los horarios durante toda la semana pasada, y sabemos cuándo se acerca por allí.

–Vale –aceptó Willie–. Lo haré. Pero usted me tiene que prometer que Genevieve jamás se enterará. Le di mi palabra.

–Nadie lo sabrá –afirmó Du Page–. Pensarán que fueron unos delincuentes juveniles. Tendrás cuidado de que no parezca un trabajo de profesionales.

El ex presidiario flexionó los dedos.

–Siento muy rígidas las manos –reconoció–. Si pudiera practicar un poco...

Casualmente Du Page tenía una pequeña caja fuerte en el cuarto de atrás. En su interior no había más que polvo, pero condujo a Willie hasta donde estaba y le dejó practicar. Él dio varias vueltas al disco de la cerradura de combinación, y la confianza empezó a correr por todo su cuerpo.

—¡No he perdido el toque! —exclamó—. Es como en los viejos tiempos. Observe. Tendré esta caja abierta en treinta segundos.

Volvió a tomar el disco entre sus dedos y luego se paralizó. Pasaron treinta segundos sin que moviera ni un solo músculo.

—¿Qué pasa? —preguntó Du Page—. ¿Algún problema?

—No sé —dijo Willie—. No puedo controlar mis malditos dedos.

—Te cuesta manejarlos... ¿Será un calambre?

—No. Simplemente no consigo lograr que me obedezcan.

Willie le miró con ojos cargados de patetismo. Hasta que no observó los ojos del joven, el hipnotizador creyó que se trataba de un truco. Quizás quería una participación mayor. Tal vez sólo deseaba ganar tiempo. Pero no era el caso; no, estaba paralizado. Se levantó, fumó un cigarrillo y volvió a intentarlo. Una vez más no pudo superar el bloqueo. Estaba en cuclillas frente a la caja fuerte y miraba con ojos muertos hacia la cerradura, cuando llegó Carmichael Wing y fue informado de lo que estaba sucediendo.

—No quiere abrir la caja fuerte —sentenció el dentista.

—¡Está loco! —exclamó Willie—. Claro que deseo abrirla. Vine aquí para eso, a pesar de que le prometí a Genevieve que no volvería a hacer otro trabajito de éstos.

—Ahí tenemos la explicación —insistió Wing—. En el fondo no quiere abrir la caja fuerte. En su inconsciente teme que, si lo hace, perderá a su chica.

Willie Evans no sabía si tenía una mente inconsciente. De lo único que estaba seguro era de que no se podría casar con Genevieve hasta que tuviera mil dólares. Y se negaba a esperar más de un año y medio para conseguirlos. Volvió a tratar de abrir la caja, pero sus dedos continuaban rígidos como clavos.

—Willie, siéntate y relájate —le ordenó Du Page—. Toma mi asiento, es más blando. Ahora, recuéstate. Cierra los ojos y procura relajarte. Estás entre amigos y no existe ningún peligro. Tú eres Willie Evans, El Más Grandioso Ladrón de Cajas Fuertes del Mundo, y jamás has fallado. Nunca hubieras debido pasar tanto tiempo tras las rejas si no te hubiese denunciado algún soplón.

El ex presidiario se tambaleó en un estado casi comatoso.

—Es verdad —farfulló—. ¿Cómo lo has sabido?

—Porque te conozco, chico. Eres el mejor de tu especialidad, y posees nervios de acero. Pero te falta confianza en ti mismo. Amigo mío, quiero que sepas lo que hay en el interior de esa caja. La dote de Genevieve: mil dólares que te pertenecen. Pero tienes que probar que te mereces a esa chica, abriendo la caja fuerte. Cuando escuches el chasquido de mis dedos, te levantarás de esa silla y abrirás la caja.

Du Page chasqueó los dedos.

El hipnotizado se despertó, se fue directamente hasta la caja y la abrió.

—¡Realmente eres un genio! —exclamó Carmichael Wing—. ¡Te considero el verdadero Svengali!

—Tengo suerte —contestó Du Page—. La rehabilitación de Willie es más por conveniencia que por convicción. Si de verdad él se negara moralmente a abrir esa caja fuerte, nos encontraríamos en el punto de partida. Ahora, Willie, cierra la caja y sigamos practicando.

Lo que Willie requería era la sugestión hipnótica. Volvió a repetir la tarea de abrir la caja dos veces más, antes de que Du Page le sacara del trance, y la noche del sábado anterior al robo que tenían preparado, los tres socios regresaron para realizar el ensayo de gala. Du Page disponía de varios paquetes de dinero del atrezzo de su equipo de efectos especiales. Y los colocó en el interior de la caja. También adquirió un maletín de cuero. Y la caja de herramientas de Willie, que solamente se usaría en el caso de que la caja fuerte del Blue Cross se resistiera a sus dedos mágicos. Serviría para apalancar el tragaluz. Carmichael también se cuidó de traer diez metros de cuerda doble para tendedero, que se utilizaría para bajar al ex presidiario desde la azotea hasta el despacho del gerente.

—Willie —ordenó Du Page, tras sentar a su paciente en la silla—. Éste es nuestro último ensayo. Mañana por la noche todo deberá salir a la perfección, la primera vez que lo intentes. Porque sólo va a haber una representación. Todos conocemos nuestros papeles, y estamos bien motivados. Tú necesitas dinero para poder casarte con Genevieve. El doctor Wing, para sacar su licencia. Y yo –el hipnotizador reprimió un escalofrío–, para salir de entre estas cuatro paredes que se desmoronan. Ahora, recuéstate y procura relajarte. Cuando escuches el chasquido que producen mis dedos, toma el maletín y dirígete hasta la caja fuerte. La abrirás, colocarás el dinero dentro del maletín y regresarás hasta donde yo me encuentro. Harás todo lo que te mande hasta que vuelvas a escuchar el chasquido de mis dedos. Y cuando yo lo haga, tú te olvidarás de todo lo que has realizado hasta este momento.

Du Page chasqueó los dedos.

Willie se levantó del asiento, abrió la caja fuerte, puso el dinero dentro del maletín, cerró la caja grande de caudales y se situó frente a Du Page.

–¡Lo logró! –exclamó Wing.

–Como un reloj –contestó el hipnotizador.

–Eso que dijiste sobre que no recordaría... ¿es verdad?

–Claro que sí. Se trata de la sugestión post-hipnótica.

–Pero si no recuerda haber robado la caja fuerte mañana por la noche, no podrá...

–¡Willie! –ordenó Du Page en voz alta–. Ya no necesitamos para nada ese dinero de atrezzo, y no quiero que esté aquí por si la policía se nos acerca, el próximo lunes, para hacer preguntas. Al fondo del edificio vacío hay un incinerador de basura. Baja allí con estos billetes falsos y quémalos.

Willie estaba todavía bajo hipnosis. Obedeció sin rechistar. En cuanto salió, Du Page contestó la pregunta que el señor Wing había estado a punto de formular.

–Willie no se acordará de la parte que le toca –explicó–. Ése es el toque maestro, doctor Wing. La sugestión post-hipnótica. Si él es incapaz de recordar, no existirá posibilidad de que hable. Pero no soy una persona cruel. Pienso enviarle mil dólares para que pueda casarse con su Genevieve. No sabrá de dónde le vino el dinero, pero encontrará la mejor forma de emplearlo.

Willie regresó con el maletín vacío, y el doctor Du Page le sacó del trance. Entonces aquél miró hacia todos los lados, confundido. Todavía se hallaba en un estado de semiofuscamiento, incapaz de recordar lo que había pasado. El hipnotizador le volvió a explicar lo de la caja fuerte del Blue Cross. Y luego le condujo hasta su casa. Pero, antes, se dirigieron hasta el callejón y se detuvieron ante el incinerador.

—Quiero que recuerdes esto, Willie —ordenó Du Page—. Mañana por la noche dejaré aquí el coche estacionado. El gerente no acaba de contar el dinero hasta las ocho, y la patrulla no efectúa su primera ronda hasta las nueve. Eso nos da una hora para realizar nuestro trabajo. El doctor Wing se quedará abajo, enfrente del edificio, para vigilar. Nosotros abriremos el tragaluz y yo te bajaré con la cuerda. Cuando tengas el dinero, te izaré. Tú agarrarás el maletín y lo dejarás aquí, en el interior del coche. Nos reuniremos en mi oficina a las diez.

Willie asimiló todas las instrucciones y pareció entenderlas, pero surgieron problemas frente a la puerta de su casa cuando Du Page le llevó hasta allí. El principal inconveniente era Genevieve, que, preocupada por la ausencia de su prometido, parecía más una militante del «ejército de salvación» que una novia.

—¡Willie, habíamos quedado en salir juntos esta noche! —le reprochó—. Prometiste que...

—Discúlpele, señorita. Está haciendo unos trabajos de remodelación en mi oficina —explicó Du Page rápidamente—. Se tienen que efectuar después de las horas laborables. Acabamos mañana por la noche, Willie. No te olvides. A las ocho en punto.

Dejó al ex presidiario para que intentara calmar a la hermosa Genevieve, envidiable tarea, y él dedicó el resto de la tarde a idear nuevos trucos para deleitar a los españoles. A las ocho en punto de la noche siguiente, Willie y el doctor Wing llegaron a la oficina de Du Page. En el otro lado del bloque vacío, el gerente de Blue Cross guardaba los ingresos, producto de las considerables ventas del fin de semana. De inmediato, el hipnotizador sumió a su paciente en un profundo trance hipnótico y repitió verbalmente cada paso de la operación que estaban a punto de iniciar:

–Haz exactamente lo que te dije ayer. Luego regresa a tu casa y vete a la cama. Dormirás profundamente y, a la mañana siguiente, no recordarás nada de lo que ha pasado esta noche. ¡Nada en absoluto! ¡Ahora!

Du Page chasqueó los dedos.

–¡Vamos!

Todo funcionó como lo habían planeado. La ventana del gerente había estado oculta de la vista durante tanto tiempo, que en la empresa se descuidaron. El marco del tragaluz estaba suelto, y se levantó en cuanto se accionó la palanca. Bajaron a Willie hasta la oficina con su maletín de herramientas, pero lo devolvió a la azotea inmediatamente. Consiguió abrir la caja fuerte sin dificultad. Llenó el maletín y tiró de la cuerda. Du Page le izó hasta la azotea y el ex presidiario recuperó su caja de herramientas.

–¡Ahora haz exactamente lo que te dije anoche! –le recordó Du Page–. El coche está estacionado en el callejón.

El joven desapareció en la oscuridad y el hipnotizador volvió a colocar el tragaluz en su sitio. Enrolló la cuerda y descendió tranquilamente de la azotea. Al llegar a la acera, hizo una señal a Wing y regresó caminando hasta donde estaba el automóvil. Willie lo había recordado. El maletín se encontraba sobre el asiento delantero. Du Page se metió en el coche e introdujo la llave de contacto. El reloj del salpicadero marcaba las ocho cincuenta, diez minutos antes de que se acercara la patrulla de vigilancia. Bajó el cristal de la ventanilla y escuchó. El doctor Wing ocupó el asiento delantero y colocó el maletín sobre sus rodillas. Du Page encendió el motor al mismo tiempo que el dentista abría los cerrojos del maletín.

Y entonces, el doctor Wing se puso a dar alaridos:

–¡Du Page, está vacío! ¡El maletín está vacío!

Carmichael Wing tenía toda la razón. En el maletín no había ni restos de polvo.

–¿Qué ha sucedido? ¡Willie estaba bajo la hipnosis! Le dijiste que realizara exactamente lo que se le había ordenado anoche.

Exactamente igual.

Luego Wing se interrumpió y olisqueó el aire.

—Du Page —preguntó en un susurro—. ¿No hueles a quemado?

Se lanzaron corriendo hacia el incinerador, donde unas llamas de brillante color anaranjado se estaban zampando varios montones de billetes verdes. Du Page observó horrorizado cómo un billete, fácilmente identificable como de cincuenta dólares, era presa del fuego y quedaba convertido en cenizas. Trató locamente de agarrar un montón de billetes de veinte dólares, pero lo único que consiguió fue chamuscarse los dedos.

—¡Todo lo ha realizado exactamente como lo hizo ayer! —gritó Wing—. *Exactamente*... ¡Pero ayer le dijiste a Willie que *quemara el dinero en el incinerador*!

Du Page sollozaba en silencio, cuando la luz de la trasera del coche patrulla se reflejó en la línea blanca del callejón y les obligó a regresar corriendo al automóvil. No podían hacer nada más que alejarse de allí, mientras el incinerador acababa su tarea de quemar veinte mil dólares...

Veinte mil seiscientos setenta. El ex presidiario acabó de contar el botín obtenido de la caja fuerte de la tienda Blue Cross. Y volvió a colocarlo dentro de su caja de herramientas, a excepción de mil dólares que depositaría en el Banco antes de adquirir la alianza de matrimonio de Genevieve. El resto del dinero iría al interior de una caja de seguridad. Siempre era aconsejable que el novio dispusiera de algún dinerito escondido por alguna parte.

Willie cerró el maletín de herramientas y lo guardó bajo llave en el interior de la cómoda. Luego se quedó contemplando su imagen en el espejo.

—Relájate, Willie —dijo imitando a Du Page—. Simplemente relájate y queda bajo mis poderes.

El musculoso joven soltó una aguda carcajada.

—Vale, la primera vez necesité que me hipnotizaras. Estaba falto de práctica. Pero me volví muy listo, Du Page. Recuerda que dijiste que en la caja fuerte había mil dólares para mí. ¿Y por qué no la tercera parte? Pero nunca te diste cuenta de esa pequeña equivocación. Willie no es nada más que un pequeño ex presidiario estúpido, pero no tan estúpido como para no sospechar que iba a ser traicionado.

Volvió a imitar la voz de Du Page:

–Haz todo lo que te diga que realices, Willie. Abre la caja fuerte. Saca el dinero. Baja al incinerador y quémalo mientras le cuento al dentista cómo nos las vamos a arreglar para quedarnos con tu parte. Y no te escondas detrás de la puerta para escuchar lo que decimos. No pienses por tu propia cuenta, ni se te ocurra guardar ese dinero de atrezzo en el interior de la caja de herramientas para que el Gran Du Page piense que metiste la pata y quemaste el dinero.

Willie se sintió fatigado. Se recostó sobre la cama y sonrió feliz a la fotografía de Genevieve, que estaba sobre la cómoda.

–¿Y qué pasará, Willie, si Du Page se presenta por aquí haciendo preguntas? ¿Qué ocurrirá, chico?

Cerró los ojos.

–Dormirás profundamente, y a la mañana siguiente no recordarás nada... ¡nada en absoluto!

Su hermano Baxter

Theodore Mathieson

Por un momento apreció su agitación interna, que era como la vibración de la aguja de una brújula momentos antes de señalar el norte magnético. Y supo, de alguna manera, que la respuesta determinaría el futuro de su vida.

–Lo siento, Carl –dijo ella con suavidad–, pero no me puedo casar contigo.

–¡Ése no es el norte! –exclamó él.

Ella le miró un poco alarmada.

–Quiero decir... hay algo que ha forzado tu decisión, Nancy. Sé que nos conocemos desde hace apenas unas semanas, pero no habrías salido conmigo con tanta frecuencia si... ¿Acaso no lo has disfrutado tanto como yo? Los conciertos, los espectáculos, las conferencias, nuestras... conversaciones. No puedes negar que me tienes cariño. Lo puedo sentir, ¡y yo te amo como nunca he amado a nadie en este mundo!

–Sí, Carl, te quiero. Pero ya lo he decidido.

–¿Hay alguien más?

–Tú sabes que no.

–Entonces, *¿por qué?*

Cuando ella se quedó callada, él bajó la cabeza y susurró:

–¿Mi hermano?

Ella se dirigió en silencio hacia la ventana de su apartamento y miró las calles de la ciudad. La luz del sol, diluida por los jirones de la niebla, bañaba su rostro con un brillo suave, como un aura espiritual. De tal forma que cuando él la observó fijamente, le vino a la mente una línea de un poema que había leído hacía ya mucho tiempo: «Os amo con un amor que yo creí haber perdido junto con mis santos olvidados».

–¡Nancy! –exclamó.

Y acercándose a ella, trató de rodearla con sus brazos, pero se le escabulló.

–No vuelvas a hacer eso, Carl.

–Pero ¿por qué? ¿Qué tiene que ver mi hermano con nosotros?

–¿Cómo te atreves a hacerme esa pregunta?

No le respondió. Después de todos los días que había salido con ella, Baxter se había cuidado de telefonearla para insultarla groseramente y, luego, contarle mentiras inconfesables sobre él. De alguna forma, Carl siempre se las había arreglado para convencerla de que reanudaran su relación, pero cada vez resultaba más difícil. Y aquella vez parecía la definitiva.

–Mi hermano no es responsable de sus actos –reconoció finalmente.

–Eso es evidente. He esperado y pensado... Ay, Carl, ¿es que no lo ves? Estaba segura de que cesarías en tu empeño, por nuestro propio bien; pero las llamadas no han cesado. ¡Y yo no quiero casarme con un hombre que es incapaz de protegerme de los inmundos ataques de su propio hermano!

–Hay algo más, ¿verdad?

–He pensado mucho sobre tu incapacidad para darle un escarmiento. ¿Acaso sabe algún secreto tuyo?

–No quiero hablar sobre eso.

–Nunca te atreves. Y eso también me ha molestado. ¿No entiendes...?

–¡Ya es inaguantable llevarlo siempre colgado de mi cuello! –exclamó él, brotándole las palabras de la boca como si acabara de quitar un freno–. Le he cuidado, le he mantenido, y como pago no he recibido más que problemas. He perdido más de un trabajo por su causa. Es celoso, presumido, excéntrico y sádico, Nancy. ¡He tenido que aguantarle durante toda mi vida!

–Pero ¿por qué?

–Baxter era... el favorito de mi madre. Yo sé que ella sospechaba que él no era bueno conmigo; sin embargo, antes de morir, me pidió que le protegiese.

–Te estaba exigiendo demasiado, Carl. Parece que tu

hermano es un desequilibrado. Yo creo que sería mejor internarle en algún sitio, donde no pudiera causarse daño a sí mismo ni arruinar tu vida.

–De hecho le interné en un sanatorio hace algunos años, y fue un gran alivio poder deshacerme de él. Viví la mejor época de mi vida; pero le dieron de alta, diciendo que ya estaba curado. Y volvió a vivir conmigo.

–Si ellos juzgaban que era una persona normal, ¿por qué no le dijiste a él, de una vez por todas, que se fuera, que te dejara en paz?

–Baxter está acostumbrado a salirse con la suya –afirmó Carl angustiado–. Es difícil hablar con él.

–Lo siento, Carl. Me duele de verdad. Me gustaría poder ayudarte.

–Basta con que me digas que todavía me queda alguna esperanza...

–No. Y ésta es la última vez que quedamos. La última de verdad.

Mientras Carl bajaba en el ascensor, se convenció de que para Nancy realmente todo había acabado, y que se estaba muriendo una parte vital de su existencia. La rabia le sacudió con tal fuerza que brotó un rugido de su garganta. Y el ascensorista se volvió para mirarle.

Quedaban tantas cosas por contar a Nancy... aunque ella fue lo bastante sagaz como para adivinar el vínculo anormal que existía entre Baxter y él desde que eran niños, así como el influjo que su hermano ejercía sobre su vida.

–Tú eres mi felpudo –le había dicho Baxter–. Puedo limpiarme los pies contigo cuando me dé la gana. ¿Y sabes por qué? No solamente porque yo fuese el favorito de nuestra madre, sino porque te conozco perfectamente y sé lo falso que eres. ¿El diseñador de talante conservador que lleva trajes de mil rayas? ¿A quién crees tú que engañas?

Cuando se enfrentó a Baxter recriminándole por haberle insultado y por hablar mal de él, aquél se burló:

–Era lo que se merecía, Carl. ¿Ése es el tipo de mujer con la que te quieres casar?

–Ha salido con otros antes de que yo la conociera. Nunca pretendió ocultarlo. Pero no me importa, ¡la amo!

—Deja que yo me encargue de todo. ¡Mamá no hubiera aprobado que te liaras con una chica como Nancy!

Carl trató de golpearle en aquel momento, con la insana intención de matarle o dejarle lisiado; pero su hermano simplemente se echó a reír porque siempre había sido el más fuerte y le controlaba con gran facilidad.

Al salir del apartamento de Nancy, Carl decidió ir caminando a casa. Y en lugar de pasar sin detenerse frente a la Catedral de San Cristóbal, como solía hacer, entró y se arrodilló en la penumbra, cerca de los confesionarios, desde donde se veía, en un altar, una imagen de la Virgen en actitud de bendecir. Recordó que, cuando eran pequeños, su madre les había llevado, a él y a su hermano, a una Misa del Gallo. Y cómo había disfrutado del boato y la música del órgano; luego Baxter les causó problemas, al arrancar unas hojas del misal.

—Por favor, Dios mío, permite que Baxter esté en casa cuando yo llegue —imploró en su rezo—. Y que la fuerza que me das en este momento la siga teniendo allí.

Pero cuando Carl llegó a su pequeño estudio-apartamento, no había nadie. Durante horas se paseó de un lado a otro, esperando a su hermano. Cerca de la medianoche telefoneó a Nancy.

—Perdóname si te he despertado —le dijo—. Aunque ya hayas tomado una decisión irrevocable, quiero que sepas que estoy esperando a Baxter. ¡Voy a hablar definitivamente con él! ¿No te ha llamado? Mejor. ¡Me encargaré de que no vuelva a molestarte!

Cuando la luz del amanecer penetró en el apartamento, Carl se hallaba sentado frente a su escritorio, dormido con la cabeza entre los brazos. Se despertó con la luz del día. Telefoneó a su oficina y dijo que se encontraba enfermo. Era sábado. Esperó hasta mediodía a que Baxter apareciera. Y de pronto, su situación se le hizo insoportable, pues se dio cuenta de que estaba perdiendo la confianza.

—Tiene que ser un arreglo de cuentas definitivo —susurró, y abrió el cajón de la cómoda para sacar un viejo revólver, calibre 38, que había pertenecido a su padre.

Aquella borrosa figura a la que su madre se refería frecuentemente como un tipo de hombre de «esos que les gusta pescar y cazar», murió cuando Carl tenía tres o cuatro años, y probablemente su madre no hubiera guardado ese revólver si no fuera para proteger a Baxter y a ella misma en aquella solitaria casa que se alzaba en la ciudad de Redwood.

—Que se atreva a venir ahora —susurró amenazadoramente.

Pero su hermano no apareció en toda la tarde. Por la noche, Carl fue recorriendo bares, cuidándose de no tomar más de una cerveza en cada local. Y esperando, en silencio, la presencia de Baxter en un taburete. No tenía que buscarlo con la mirada. Entre él y su hermano había una especie de comunicación extrasensorial que les alertaba de la cercanía de su enemigo.

En su imaginación podía ver la cara obesa y sudorosa del rival con sus labios anchos y carnosos, y la forma en que sus ojos se iluminarían al ver a Carl sentado allí.

A la medianoche, sin que Baxter apareciera por ninguna parte, Carl se fue a casa y se quedó dormido profundamente, exhausto. Se despertó con el alba. Era domingo y, mientras escuchaba el ruido del tráfico desde la cama, sintió de repente lo que debía hacer.

Cerca de las diez de la mañana acudió a la misa que se celebraba en San Cristóbal. Y volvió a rezar para pedir fuerzas. Tenía el arma en el bolsillo. Al acabar el oficio religioso, tomó un autobús y fue al parque Golden Gate. Era frecuente que los domingos estuviera Baxter por allí y se diera una vuelta por la zona de juegos para niños.

Aquella parte del parque se veía bastante llena, y los gritos se alzaban sobre la música de organillo de un tiovivo. Pasó un par de veces por los servicios para hombres y llegó incluso a asomarse discretamente. Luego procuró sentarse en un banco algo apartado.

El día seguía avanzando hasta que, de pronto, notó que había calculado el tiempo correctamente. Ya venía su hermano. Levantó la cabeza en el momento en que Baxter se sentó a su lado, sonriendo con la maligna manera de saludar que tenía. Súbitamente, Carl advirtió que perdía fuerzas.

—¿Me estabas buscando? —quiso saber Baxter.

—Has destruido todas mis posibilidades de continuar con Nancy. ¿Lo sabes?

—Te he hecho un favor.

—Si tú me vieras morir en la calle a tiros, seguirías diciendo que me estabas ayudando.

Baxter levantó los brazos, mostrando claramente su enojo.

—¿No es mejor que sigas siendo el de siempre, Carl? ¡Quieres hacer lo que te venga en gana! ¡No estar atado a una esposa y a un hogar!

—No, maldito... ¡Deseo cambiar! ¿Crees que quiero ser un degenerado como tú, que viene aquí para mirar a los niñitos? —gritó.

—Oye, ¿no será que el ladrón siempre cree que todos son de tu condición?

Una vez más, la rabia explotó dentro de Carl y se levantó del banco, quedando de pie ante su hermano con una mano en el bolsillo, buscando el revólver.

—No me importa lo que hayas averiguado sobre Nancy. ¡Era para mí una esperanza que brillaba como un sol! Y tú me la robaste con la maldita basura que cuentas de mí. Me la robaste, Baxter. ¿Por qué no me dejas en paz?

—¿Es que no lo sabes?

—¡Calla! ¡No voy a escucharte!

—Ya es hora de que te enfrentes a la realidad, Carl. ¡Quizás Nancy te haya ayudado a conseguirlo!

—¡Calla!

—No, demasiado tarde. Baxter nunca ha existido... Ni siquiera en el manicomio. *Siempre* has sido Carl... ¡Y solamente Carl! ¡Desde el mismísimo principio, porque mamá nunca tuvo dos hijos! ¿Sabes? ¡Uno nada más!

En la milésima de segundo que Carl tardó en colocar el revólver contra su cabeza y disparar, supo que su «otro yo» había dicho la verdad.

Un asesino en las sombras

Robert E. Alter

Había sido un largo y seco verano, y los pequeños ratones estaban saliendo de las estribaciones de las montañas para meterse en las zonas residenciales en busca de agua. Por esta misma causa, la serpiente de cascabel también dejó las colinas; no por falta de agua... ¡sino tras su alimento habitual!

El día estaba a punto de concluir. El sol, cálido y astillado, se iba ocultando al fondo de las colinas occidentales. Y no parecía que la serpiente de cascabel hubiera tenido buena suerte. Se encontraba en el jardín, sobre la negra tierra del macizo del rosal, y enfrente de ella se alzaba la parte posterior de la casa. Todo lleno de malas hierbas, acumuladas a lo largo de las paredes. Se dirigió allí para investigarlas.

La razón que explica por qué no se enteró de la presencia del niño que permanecía sobre la valla, es que estaba sorda y sus ojos únicamente podían ver con precisión hasta una distancia de cinco metros. De pronto, el pequeño la descubrió, vio cómo se arrastraba durante unos momentos. Se quedó fascinado. Luego sacó un tirador del bolsillo de sus vaqueros, puso un proyectil, tensó las gomas y soltó.

De cualquier forma la piedra hubiera fallado por unos quince centímetros; pero, incluso antes de que diera en el suelo, el reptil lo notó. Enseguida reptó, huyendo en un rápido zigzag.

—¡Mami! —gritó el niño—. ¡Mami! ¡Ven corriendo! ¡Le he dado a una serpiente de cascabel!

Unos cinco minutos antes, Peter Douglas acababa de realizar un último arreglo en su jardín. Y abandonando la segadora mecánica en una esquina del porche, se fue caminando hasta la casa de George Hudson, a tres chalés de distancia. Su vecino había estado segando la mala hierba. Poco después, ambos se encontraban en la entrada de coches de la casa del segundo, charlando y fumando. Medio en broma, con muchos toques de seriedad, se dedicaron a planear la posibilidad de adquirir entre los dos una segadora de césped motorizada.

Entonces, la señora Ferris, vecina del chalé situado en el lado occidental de la casa de Peter, llegó corriendo por la entrada de vehículos del garaje, muy excitada y llamándole con apremio:

–¡Pete! ¡Pete! ¡Jimmy ha encontrado una serpiente de cascabel en tu patio trasero!

Peter se dio la vuelta, entrecerrando los ojos para distinguir a la mujer que gritaba a lo lejos.

–¿Qué dice? –preguntó, sin prestar mucha atención.

George hizo un gesto de desprecio con la boca.

–Algo sobre una culebra en tu patio trasero. No hay como esa chismosa y su chico para estar más enterados que uno sobre lo que sucede en cada jardín.

–¡Pete! ¡Pete! ¡Ven rápidamente!

Peter sonrió, inclinando la cabeza, y tiró descuidadamente la colilla de su cigarrillo.

–Supongo que es mejor que acuda a ver qué le está picando a esa cotilla –susurró en voz baja.

Los dos hombres cruzaron el jardín de los Thompson con sendas sonrisas, de esas que los hombres esbozan ante los temores exagerados de las mujeres. Pero Peter sentía la presión de una mueca forzada en sus mejillas.

Una culebra, pensó. ¿Había dicho la señora Ferris que era una *cascabel*?

La señora Petroni salió al porche de la casa cuando los hombres atravesaban el patio ante ella.

–¿Qué sucede, Pete? ¿Pasa algo malo? –quiso saber.

George contestó con desgana:

–El pequeño Jimmy cree que vio una culebra en la parte trasera de la casa de Pete.

Mientras, la señora Ferris seguía comportándose como un niño cuando levanta el brazo en la clase aunque no le hayan hecho ninguna pregunta. Sus grandes ojos se movían mostrando gran agitación. De hecho, también se frotaba las manos llena de ansiedad.

–Apresúrate, Pete –suplicó ella–. Jimmy estaba sentado sobre nuestra cerca cuando vio cómo salía de debajo del rosal esa serpiente, y le dio con su tirador.

«Lo que sin duda explica los dos cristales rotos de la ventana de mi sótano hace dos semanas», pensó Peter.

Todavía exhibía la forzada sonrisa, y le seguía inquietando un miedo creciente. La señora Ferris ya corría hacia el patio trasero llamando a su hijo:

–¡Jimmy! ¿Dónde estás? ¡Te dije que te acercaras a la entrada!

La señora Petroni llegó detrás de George y Peter. Y, entonces, apareció el pequeño Jimmy, con sus diez añazos, en la entrada del jardín. Llevaba su tirador en la mano, y lo había cargado de nuevo.

–¡Ay, mami! No me va a hacer nada. Además, ya se ha ido.

Por alguna razón, aquellas palabras apaciguaron a Peter. Se sorprendió un tanto, en aquel momento, al darse cuenta de lo mucho que le había afectado la exageración y agitación de la señora Ferris. Era de suponer que no todos reaccionarían de la misma forma ante las culebras, pero...

–Se metió por ese hueco que hay en la ventana de su sótano, señor Douglas. Yo la vi. Estaba ahí sentado sobre la cerca. Y salió por donde están las rosas... ¡Hay que ver lo grande que era! Preparé mi tirador y...

–¡Vale, Jimmy! ¡Conforme! –exclamó Peter un poco bruscamente, sin querer ser grosero. Volvió a sentir cierto desasosiego. No era una sensación que le preocupara mucho, pero, en todo caso, volvió a sentirla en el fondo del estómago.

–¿Estás seguro de que se metió por la ventana? –preguntó, intentando dominarse.

–¡Claro que sí!

Al momento, el niño se fue saltando a través del jardín, hasta llegar a la pequeña ventana, de cuatro cristales, que montaba sobre el alféizar. Uno de los cristales inferiores estaba roto.

–Corrió por entre las hierbas y se metió aquí.

–¡Jimmy! ¡Aléjate de esas plantas!

Peter aguantó la respiración. Le hubiera gustado que la señora Ferris bajase el tono de voz, porque le estaba atacando a los nervios.

Jimmy puso cara de sufrimiento al dirigirse a su madre:

–Ya te dije, *ma*, que no está aquí. Se metió en el sótano del señor Douglas.

George le sonrió a Peter.

–¡Qué bonito huésped te ha tocado! ¡Podrás cobrarle pensión completa! –bromeó.

El aludido sonrió de forma mecánica.

–Sí –contestó mirando al muchacho–. ¿Estás seguro de que era una serpiente de cascabel, Jimmy? ¿No sería una culebra común?

–¡Qué va! ¡La vi con mis propios ojos! Era una vieja cascabelera.

«¡Estupendo, qué bien! –se dijo Peter–. ¡Lo mejor que se podría tener en un sótano!»

–¡Bueno! –replicó animado–. Creo que con llamar a la policía...

De pronto se abrió la puerta trasera de la casa y apareció Madge Douglas, que se quedó mirando con una amistosa curiosidad a las cinco personas que se hallaban en su patio.

–Pero ¿qué sucede aquí?

Peter se acercó sonriendo hacia ella.

–Todo está bien, amor. Jimmy cree que ha visto una culebra metiéndose en nuestro sótano...

Y antes de acabar de contarlo, vio cómo los ojos de ella se llenaban de temor. Sintió que su intuición era cierta. El suceso iba a resultar muy duro, pues el temor suponía en la mujer un componente ancestral. Desde las primeras hembras de las cavernas, en aquellos tiempos remotos, había ocurrido lo mismo: hijos y accidentes, hijos y enfermedades, o también esposos y guerras, esposos y ataques cardíacos...

Se produjo un silencio. Ella le miró fijamente a los ojos,

conteniendo el aliento para, luego, soltarlo de golpe. Y en aquel instante no había allí nadie más que ellos dos: ¡los padres!

—Peggy se encuentra abajo, en el sótano.

Antes de acabar de decirlo, ya iba camino de la puerta cerrada del sótano, en el porche trasero. Peter corrió impulsivamente detrás de ella, saltando sobre los escalones. Luego, una vez abierta la puerta, consiguió sujetarla por los hombros y retenerla.

—Basta. Cálmate —le aconsejó tranquilamente—. Espera un poco.

Los ojos maternales de la señora Douglas no saltaban de un lado a otro, como lo hacen los de las golondrinas atrapadas en el granero. Tampoco se parecían a los de la señora Ferris. Estaban fijos, paralizados, mirándole fijamente.

—Ella y la pequeña Gladys han entrado en el sótano para jugar a los monstruos —dijo, llena de terror.

Peter asintió espasmódicamente con la cabeza y ordenó, haciéndose el fuerte:

—Vale. Telefonea al comisario. Yo bajaré. Todo está bien, amor.

Extendió una mano para alcanzar el interruptor de la luz, situado a un lado de la puerta... Pero se interrumpió al recordar lo que Madge le había dicho la semana pasada:

«Pete, tendrás que cambiar la bombilla del sótano, se fundió ayer.»

Y también cómo él había contestado distraídamente, sumido en las noticias del periódico de la tarde:

«Vale. Descuida, que la pondré mañana...»

Mañana, era su cantinela de siempre... Sin embargo, Peggy estaba dentro del sótano oscuro. Tenía siete años. Sus felices ojitos azules lucían en su carita pálida y tierna, orlada por la tenue niebla rubia de su cabello. Acostumbraba a sentarse a su lado, mientras él veía la televisión.

«Buenas noches, papi...»

—Pete, no te habrás...

—No hay problema —insistió bajando la mano hacia el picaporte—. Pásame la linterna que hay en ese cajón.

Y una vez más acertó a leer en su mirada que tampoco aquello funcionaría.

—¡Ay, Pete! Las pilas... ¡Se me olvidó comprarlas!

—Vale, vale. Una vela... Dame una de las velas.

Todos se encontraban frente a la puerta: la señora Ferris, la señora Petroni, Jimmy y George. Y éste compuso un gesto siniestro en la cara. De pronto, empezó a hablarle apresuradamente:

—Tengo un revólver, Pete. Un treinta y dos. Yo te...

El aludido se volvió rápidamente hacia él y gritó:

—¡No puedo bajar con una pistola! ¡Con dos niñas en el sótano, no!

—Bueno —murmuró George—. Bueno...

Entonces comprendió que su amigo no iba a acompañarle, y no tenía ningún sentido avergonzarle pidiéndole que lo hiciera.

«¿Cómo le puedo culpar? ¿Bajaría yo si Peggy no estuviera allí? ¿Lo haría si fuera el hijo de otra persona?»

En aquel momento no podía contestar con honestidad a tales preguntas.

—Telefonea a la policía, George —le dijo.

Acto seguido, recogió la vela que Madge sostenía en la mano y le hizo un gesto brusco con la cabeza. En las películas, precisamente en aquellos momentos, siempre se contaba con mucho tiempo para que el hombre pudiera tranquilizar a la mujer que amaba y decirle cuánto representaba en su vida. Pero no era cierto. A Peter no le sobraba ni medio segundo. Así que se limitó a componer una expresión adusta. No había tiempo para otra cosa.

Abrió la puerta y empezó a bajar las empinadas escaleras que daban al oscuro pozo. Buscó en los bolsillos una cerilla.

Las escaleras realmente se habían construido dentro de una pared de pozo, y había que descender en círculo hasta llegar al suelo. Luego se debía dar la vuelta a la izquierda en torno a una pared revocada y así se accedía al sótano.

Aquel lugar era amplio y oscuro, y estaba repleto de objetos. Durante los últimos diez años había sido el trastero de los Douglas. Peter no veía nada, excepto los lejanos ventanucos que parecían pequeños ojos opacos y cuadrados. No le servirían de nada. En el exterior atardecía, trayendo silenciosamente la amenaza de la noche.

Se detuvo un momento al pie de las escaleras, escudriñando la oscuridad y escuchando. Pero no había nada que le orientara.

–¡Peggy! –gritó con voz clara.

El juego favorito de Peggy eran los monstruos. Ella y su pequeña amiga Gladys preferían aquella diversión a la comida. Se debía realizar en la oscuridad; si no, era imposible sentir el terror hasta llegar a la más deliciosa de las histerias. De esta manera, hacían el juego en algún lugar tenebroso. Y una hacía de *monstruo* y la otra de *víctima*. La primera no se debía mover de su sitio, debido a que la segunda debía ir de un lado a otro. A la vez, el *monstruo* tenía que soltar un horripilante aullido, que no solamente conseguía provocar que la *víctima* lanzara unos gritos de horror, sino que también lograba que el *monstruo* quedase medio muerto de miedo. Luego, el *monstruo* se dedicaba a perseguir a la *víctima* por todas partes en plena oscuridad. Aquél resultaba un jueguecito de lo más divertido.

–¡Peggy! –la voz de Peter se tornó ansiosa.

Raspó la cabeza de la cerilla contra la pared y levantó el diminuto haz de luz hasta que tocó la mecha de la vela.

Entonces escuchó un sonido.

Grrrrrjajajá.

Eran tonos graves, que surgían de lo más profundo de la garganta. Peter soltó el aliento, izando su pequeña isla de luz en medio del oscuro mar de sombras del sótano. Extraños nubarrones oscuros parecían huir ante su presencia, convirtiéndose en múltiples objetos de color naranja y marrón.

–Peggy, Gladys, os estoy oyendo. No os mováis... No os mováis para nada, niñas. Simplemente decidle a papá dónde estáis. Yo también voy a jugar a los monstruos...

Se produjo una pausa de silencio; luego, desde el fondo del sótano, se volvió a escuchar el fantasmal gorjeo de risitas entrecortadas:

Grrrrrjajajá.

–Peggy, estás cerca de la caldera, tesoro. No te muevas. Sólo díselo a papá.

Y repentinamente, como una tormenta, sonó la furiosa voz de su hija de siete años que surgía de las profundidades.

–¡Así no vale, papi! ¡No debes encender ninguna luz! ¡Ay!

Al padre le parecía que su hija estaba cerca del calentador de agua... ¿O no? Pensó que sí.

–Está bien, tesoro. Ahora la apagaré. Yo seré el monstruo y me pondré a buscaros a ti y a Gladys.

–¡No! El que se tiene que esconder eres tú, y luego te echas encima de nosotras cuando...

–Sí, ya lo sé. Pero vamos a jugar de esta forma. Será más divertido. Ahora quédate donde estás. Gladys, ¿dónde estás tú, corazón?

–¡Aquí!

Detrás de la caldera. Bien. Ambas se encontraban en la misma zona del sótano. Avanzó lentamente, con la vela en alto, escudriñando por todas partes, y aguzando la vista todo lo posible.

Montones de periódicos y revistas viejas... La obesa y sonriente cara de Kruschev, cubierta de polvo, en una portada de la revista *Life*... Viejas llantas de automóvil, herramientas, un rastrillo tirado en el suelo... Cajas de cartón llenas de todos los objetos inidentificables, sin uso, que las amas de casa son incapaces de tirar... Un baúl de viaje que había pertenecido al padre de Peter... Una vieja librería sin fondo que se había llenado con latas de pintura, brochas y tarros vacíos...

Peter pensó que era posible que la maldita cosa ni siquiera estuviera ahí... Excepto en la imaginación de Jimmy. Pero ¿y si de verdad había visto una culebra? Aquello de decir que era de *cascabel* resultaba algo que cualquier niño de diez años diría aunque se tratase de una serpiente de campo. Aun así, aquel rastrillo sería una buena arma, en caso...

¡CH-CH-CH-CH-CH-HHH!

Sonó a sus espaldas como si fuera un teléfono, y la dimensión del sonido invadió todo el sótano. Se detuvo bruscamente y sintió, el erizársele los pelos de la nuca, que su piel recibía el pinchazo de miles de agujas y alfileres.

No era el mismo sonido que aparecía en las películas o en la televisión. Realmente, no se asemejaba en absoluto al sonajero de un bebé. El sonido resultaba abrumadoramente agudo y fuerte, y no cesaba de escucharse. En aquellos instantes le recordaba, más que nada, el ruido que hace un tren de carga saltando y rechinando, aproximándose cada vez más.

Dio un salto, giró su cuerpo 180 grados y la vio sobre el polvoriento cemento del suelo, enrollada al lado de un montón de viejas enciclopedias, con la cabeza plana y triangular levantada justo en el centro. Su lengua bífida salía y entraba por la boca casi cerrada, como si fuera una trampa, como si saboreara el aire fresco. Y sus ojos saltones y verticales brillaban como carbúnculos. Mientras Peter la observaba fríamente, advirtió cómo las anillas del reptil vibraban.

Súbitamente, el pánico le dominó. Tragó saliva, preguntándose cuánto tiempo esperaría la serpiente de cascabel antes de atacar. O sería capaz de mantenerse inmóvil mientras él no se moviese.

«Está helada –pensó–, aletargada, pero lo sufientemente despierta para ver que no le gusto.»

–¡Huuuuyyy, papi! ¿Qué es ese ruido extraño, papaíto?

No lo pudo evitar. Se sentía tan tenso como si se tratara de una trampa para osos. Con las prisas, dio un paso hacia atrás y pisó las púas de hierro de un rastrillo. El mango se levantó como un látigo y le golpeó con fuerza en la parte derecha de la espalda. El impacto resultó tan terrible que le obligó a soltar la vela.

En el último instante, antes de que la luz caída se extinguiera, vio cómo la culebra se desenroscaba velozmente. Lanzó su cabeza hacia la vela, al mismo tiempo que abría la boca como una bisagra y mostraba los colmillos, que eran como agujas hipodérmicas.

Luego, durante un momento, en que a Peter se le encogió el estómago, no sucedió ninguna otra cosa. No se oía ni veía nada. Peter permanecía apoyado sobre la rodilla derecha con ambas manos sobre el suelo. No podía estar muy seguro de cómo había llegado a aquella posición. El costado derecho de la espalda palpitaba de dolor, y le picaba todo el brazo derecho. No se atrevía a moverse.

No sabía mucho sobre las serpientes de cascabel, únicamente unos cuantos datos, medio olvidados, que había leído o le habían contado en alguna parte. Estos reptiles no tenían buena vista, y en la oscuridad sus ojos eran casi inútiles. Además, se las creía sordas como una tapia. Pero aquellas cosas no importaban, ya que los crótalos venenosos cuentan con un dispositivo, que forma parte de la cabeza, mediante el cual se convierten en algo tan letal como puede ser un rifle de gran potencia en manos de un experto y loco tirador.

Algunos decían que tenía que ver con el foso que hay entre el ojo y la ventana de la nariz de la culebra; otros, que se hallaba unido a la lengua o a un órgano interno de la garganta... el llamado órgano de Jacob. Como fuera semejante cosa, funcionaba igual que un órgano especial de los sentidos, reaccionando indistintamente ante objetos fríos o calientes. Podía atacar con toda puntería, fijándose en el aura formada por la temperatura de un cuerpo humano.

—¡Papi! ¡Papi! —se dejó oír la voz imperiosa de Peggy—. No vale empezar todavía. Sabes dónde estamos. Espera hasta que nos escondamos de nuevo. ¿Vale, papi?

«¡No!»

Luego se controló, calmó sus nervios y bajó el tono de voz:

—No, espera, cariño. No te muevas todavía. Gladys, tú tampoco te muevas. Primero papá quiere hacer una cosa. Un momentito, cariño.

Se puso en cuclillas para introducir la mano izquierda en el bolsillo del pantalón. Pero lo encontró vacío. Había perdido las cerillas.

Se humedeció los labios con la lengua y bajó la pierna derecha y el brazo izquierdo para buscar en el bolsillo de la derecha... De repente, su mano se posó sobre algo redondo, frío y un tanto flexible...

Ahogó un grito en la garganta y dio un salto contra la

superficie metálica de la caldera. Se produjo un estruendo hueco:

Huuuuummm.

«¡Espera, espera! –se dijo a sí mismo–. No es ella... ¿cómo va a ser la culebra? La manguera para regar el jardín... ¡Sí, es un pedazo de manguera de plástico.»

En aquel instante de locura, creyó que iba a soltar una risotada. Se contuvo y recordó las cerillas. Hurgó en el bolsillo derecho.

Fue como introducir la mano en el más vacío hueco. No pudo dar crédito a que, en su frenética ansiedad, no hubiese tenido la suficiente presencia de ánimo como para asegurarse de que llevaba cerillas consigo antes de bajar al sótano. Se palpó los bolsillos de la camisa. Todavía guardaba allí su paquete de cigarrillos pero no, claro está, la caja medio vacía de cerillas que había comprado aquel mismo día.

«Quédatelas –se dijo a sí mismo recordando las palabras de George, a la entrada del garaje–. Tengo fósforos de madera en la cocina.»

Poco más tarde, empezó a abrirse paso alrededor de la caldera, tanteando con la mano izquierda.

–Gladys, Gladys, ¿estás ahí, cariño?

Escuchó como la suela de los zapatitos raspaba en el suelo de cemento. También se escucharon las sordas risitas de las niñas frente a él, en la oscuridad.

–No, no te muevas, Gladys. Ven aquí, querida. Voy a explicarte el juego antes de empezar.

Tocó con sus dedos temblorosos la tela del vestido de la pequeña. Estuvo a punto de asirla violentamente. Pero se contuvo, y la levantó suavemente por las axilas.

–Vamos a jugar de otra manera –susurró–. Ahora siéntate aquí y espera mientras voy a por Peggy.

Manejó con torpeza el blando cuerpo de la niña y la sentó sobre la caldera.

–Quiero que te agarres a uno de estos conductos, a las tuberías. ¿Entiendes? –le dijo como jugando.

–Están llenas de polvo –se quejó la niña.

–No importa. Simplemente sujétate a ellas para no caerte. ¿Vale?

Después la soltó y se enfrentó a la oscuridad, detestando abrirse paso a ciegas desde la caldera hasta el otro extremo, donde estaba el calentador de agua. ¿Por qué no llegaba de una vez el baboso del policía?

–¡Pete!

Con el sobresalto que le causó escuchar la repentina llamada en la oscuridad, casi pierde el dominio sobre sí mismo. Le dio un vuelco el corazón. Luego volvió a sobreponerse. Era Madge, que le hablaba desde lo alto de las escaleras.

–¿Pete, estás bien?

–Sí. Sí, Madge. Estamos bien. ¡No se te ocurra bajar!

–¿Está Peggy...?

–Sí. Las dos se encuentran bien.

–Pete, ¿está la... *cosa* ahí?

La madre evitó decir el nombre para no alarmar a las niñas, ya que éstas sabían lo que una culebra significaba y probablemente se asustarían. Pete no quiso preocupar a su esposa. Así que mintió:

–No lo creo. No la he visto.

–La señora Ferris ha ido a por una linterna.

–Está bien. Está bien, Madge. Subiremos dentro de un minuto.

«¿Por qué habré dicho eso? –se preguntó–. No es verdad. No podemos arriesgarnos tratando de escapar ahora. Debemos esperar hasta que llegue el comisario con sus policías.»

–¿Cuándo va a empezar el juego, papi? ¡Dijiste que íbamos a jugar a los monstruos!

«Estamos en pleno juego, cariño. Ay, sí que nos hallamos en medio de una ''diversión''.»

–Dentro de un minuto, Peggy. En cuanto tenga todo preparado.

Frente a él, a duras penas se podía vislumbrar una débil luz en el suelo. Era la luz cubierta del piloto del calentador de agua. Extendió los brazos, tanteando para encontrar a su hija.

–Ahora. Aquí está papá.

–¡CH-CH-CH-CH-CH-HHH!

No quería creerlo, pero tenía que aceptar que estaba allí, haciendo sonar su cascabel. Y se hallaba a su lado. O eso le pareció. Desesperado, dio un salto para alejarse del calentador. Y casi al mismo tiempo, escuchó el siseo que la culebra hacía al lanzarse a ciegas contra él. Luego volvió a moverse violentamente, para distraer la atención de la *cosa* sobre las cercanías del calentador. También para tranquilizar a su hija.

—¡Huuuuuuy, papi! ¡Otra vez estás haciendo ese ruidito!

—*¡No te muevas, Peggy!* ¡Quédate ahí donde estás, hija! ¡Hazle caso a papá...! No te muevas ni un milímetro.

—¡Pete, Pete!, ¿qué ruido es ése? ¿Es la...?

—¡Cállate, Madge! Quédate ahí.

En aquel momento, su respiración era entrecortada mientras permanecía inmóvil, casi en cuclillas, tratando de percibir algo. Le pareció distinguir el suave brillo de la panza de la culebra cuando pasaba reptando por el suelo cubierto de polvo.

«¿Acaso se acerca a las niñas? —se preguntó a sí mismo en silencio—. ¡Dios de mi vida!, ¿vendrá hacia mí?»

Le pareció inconcebible que aquella cruel y desalmada extensión de músculos, huesos y ponzoña pudiera costarle a él la vida. Era una locura sin ningún sentido. Porque él se consideraba el resultado de innumerables generaciones, el producto de un complicado proceso de evolución desde el inicio de la vida en la tierra. Era indignante pensar que aquella asquerosa piltrafa le pudiese matar.

La muerte era algo que le sucedía a otras gentes, en lejanas ciudades, en distintas tierras. No sucedía con sus amigos, ni con su familia. Realmente, nunca podía ser uno mismo el que muriese.

«Que no sea Peggy —rezó para sus adentros—. Ni Gladys, porque soy tan responsable de ella como de mi propia hija.»

—¡Pete! Ya tengo la linterna de la señora Ferris. ¿Quieres que yo...?

—¡No bajes aquí, Madge! —exclamó dando media vuelta hacia las escaleras.

¡CH-CH-CH-CH-CH-HHH!

La serpiente de cascabel volvió a dejarse oír, horrorizándole con su clamor. Y dio un salto hacia la izquierda... Justo para chocar contra las estanterías cargadas de latas de pintura y frascos viejos. Cayó al suelo, al perder el equilibrio, entre el oscuro estruendo de los objetos que se desplomaban. Envuelto en el estrépito de las latas al golpear contra el suelo y los frascos al estrellarse por doquier, se negaba a admitir que estaba indefenso.

Rodó sobre el suelo, intentando encontrar un punto de apoyo para levantarse y salir de allí. Y agarró algo con la mano derecha, y lo asió con fuerza. Luego, demasiado tarde, no pudo soltarlo.

Aquello tembló, saltó, y le dio como una especie de patadas en el puño. Sintió una descarga eléctrica en el brazo, como si hubiera cogido un cable electrizado, con la diferencia de que la *cosa* era fría y resbaladiza. Y sintió el movimiento de sus músculos al enroscarse alrededor del brazo y la muñeca. De repente, volvió a dejarse oír el cascabel de la cola.

«¡Tírala! ¡Santo Dios! ¡Tírala lejos!»

Pero no lo quiso hacer. Sería un error. Estaba preso de pánico y lleno de repulsión. Y se había dado la vuelta totalmente. Podría lanzarla sin querer hacia el rostro de su hija.

La sinuosa extensión del cuerpo seguía enrollándose y apretándose, y dándole latigazos en el brazo. El cascabel sonaba sin cesar, sin detenerse ni un solo segundo.

No pudo pensar. Fue de un lado a otro, tropezando en la oscuridad, extendiendo el brazo de una forma espasmódica, lejos de sí. Muy distante, se oía el resonar de las sirenas que se acercaban. Pero aquello ya no tenía ningún sentido para él. Era algo que pertenecía al mundo normal, que había allí afuera. Él, en cambio, se hallaba en aquella negrura con la maldita *cosa* enrollada alrededor del brazo. Y no sabía qué hacer con ella.

«No me ha picado –farfulló asombrado–. La debo tener agarrada justo detrás de la cabeza, y no puede darse la vuelta. Pero, Dios mío, ¿qué puedo hacer con esta inmundicia?»

Sus pies tropezaron con algo, y por poco se cae. Herramientas... estaba pisando las herramientas. Se dejó caer de rodillas al suelo mientras tanteaba con la mano izquierda el montón de metal, madera y plástico. Hasta que localizó un martillo.

¡CH-CH-CH-CH-CH-HHH!

—¡Cállate! —siseó—. ¡Cállate!

Colocó la mano derecha sobre el suelo de cemento y apoyó contra el mismo la repugnante *cosa*, que se movía estremecedoramente haciendo sonar su cascabel. Luego empezó a golpearla con el martillo.

El primer golpe se lo dio en el dedo índice. Y aspiró con fuerza al sentir la aguda punzada de dolor. Pero volvió a los martillazos... ¡Una y otra vez!

Peter no era dueño de sí cuando ascendió por las escaleras. Lo sabía. Pero no se le ocurrió nada para remediarlo. Se sentía como un sonámbulo...

Entonces, dos policías le echaron a un lado para bajar al sótano con sus linternas en la mano. Madge estaba en el porche trasero, de rodillas, rodeando con un brazo a Peggy y con el otro a Gladys mientras ésta le explicaba que papá no había jugado bien a los *monstruos*, limitándose a tratar de asustarlas haciendo un «ruidito muy raro».

Y Madge repetía una y otra vez, tratando de dominar el llanto:

—¡Sí, tesoro! ¡Sí, tesoro!

Los policías trajeron una ambulancia consigo. El practicante condujo a Pete de un brazo por las escaleras traseras del vehículo sanitario, asiéndole la camisa para poderle examinar la mano herida.

La mitad del vecindario se encontraba dentro del patio trasero. George también estaba allí, con su revólver del 32 en la mano y con una expresión de vergüenza.

—Traje el arma de todos modos, Pete —dijo como pidiendo disculpas.

—Gracias, George —sonrió Pete haciendo un gesto con la cabeza.

—Vamos —insistió el practicante de la ambulancia—. Subamos a la ambulancia y echémosle un vistazo a esa mano.

El valiente se dejó conducir por la escalera de entrada.

La gente se echó a un lado para cederle el paso, y le miraban con atención. Pestañeó y miró hacia ambos lados, confundido, cuando escuchó que Jimmy le llamaba.

—Hombre, señor Douglas, ¿para qué la mató? ¿No pudo simplemente sujetarla hasta que llegara la policía? Me hubiese gustado quedarme con esa serpiente de cascabel.

Algunos de los espectadores se rieron, esperando ver la reacción de Peter.

—Lo siento, Jimmy —murmuró el valiente.

—Pero ¡vamos! —exclamó el practicante.

Cerró la puerta trasera de la ambulancia y le pidió a Peter que se sentara en la camilla. Luego observó minuciosamente las heridas y después le puso una inyección. Por último, le ofreció un cigarrillo.

—¿Se siente bien ya? —preguntó.

—Sí, claro —contestó Peter asintiendo con la cabeza.

Al final, forzó una sonrisa mirando al practicante.

—La maté, ¿eh? No podía ver nada en la oscuridad, ¿sabe? Ni siquiera era posible contemplarme la mano aunque me la llevase a los ojos. Creo que se lanzó contra mí cuando tropecé con la estantería donde estaban las latas de pintura. Luego, antes de que pudiera reponerme, la cacé por accidente. Y no dejé de martillear hasta dejarla hecha una piltrafa... O quizá fue mi mano la que terminó así. Ya no sabía qué era lo que estaba pasando... De repente, me encontré de pie agarrándome una mano con la otra y ya había desaparecido la culebra. Yo... yo no podía dejar de golpearla, ¿sabe? Yo... yo...

La descarga emocional de las palabras cesó por completo, de una forma repentina y casi violenta... Peter trató de añadir algo, a la vez que sus ojos adquirían la fijeza escalofriante de una convulsión total.

El practicante le observaba, asintiendo con la cabeza.

Y, de repente, Peter rompió en sollozos, temblando violentamente con todo el cuerpo. Dejó caer el cigarrillo que sostenía y bajó la cabeza. Al momento el practicante le puso el brazo sobre los hombros, abrazándole como si se tratara de un niño atemorizado.

Una muerte importante

Robert Colby

Frank Donato aguardó en la sala de estar de Martinelli. La mansión era tan sobria como un palacio de justicia y la habitación parecía como si estuviera dentro de alguna oscura catedral. Emilio le había traído allí antes solamente en una ocasión. Así que se suponía que era un momento importante, pero él sólo sentía una ligera curiosidad sobre aquella reunión. Le interesaban mucho más sus propias exigencias digestivas, no satisfechas desde tempranas horas de la mañana. Y ya había pasado el mediodía.

Emilio apareció después de un largo intervalo. Y le llamó por su nombre. Juntos atravesaron un vestíbulo escasamente iluminado.

Aquél era bajo de estatura, virtualmente desprovisto de pelo, y de una edad madura. Andaba con pasos cortos y ansiosos, con un hombro inclinado hacia el frente, como si avanzara contra un fuerte viento. Mucho más alto y joven, Frank se movía con un garbo indolente, alzando con orgullo la sólida viga que formaban sus hombros. Exhibía una nariz bastante prominente, pero sus facciones estaban bien formadas, rematadas con una brillante mata de cabello oscuro. Siempre hacía gala de una fría compostura, y su rostro rara vez dejaba traslucir fuertes emociones.

En el interior de la biblioteca, que era exageradamente grande, Vincent P. Martinelli permanecía sentado detrás de una gigantesca mesa escritorio de caoba labrada. Su rostro parecía una gran masa cuadrada, cubierta de agudos ángulos y hendiduras y, a pesar de que poseía un cuerpo musculoso y disciplinado, Frank calculó que debía de pasar de los sesenta años.

Cuando entraron, Martinelli se puso lentamente de pie y extendió su mano como quien hace una concesión a regañadientes para cumplir con una costumbre ridícula. Frank extendió la mano para estrechar la suya brevemente. El noble viejo volvió a sentarse y entrelazó sus gruesos dedos sobre su amplio pecho.

Frank tomó asiento y Emilio se acomodó en otro sillón. En aquel instante, Martinelli empezó a hablar.

Miró su reloj como para indicar que le apremiaban asuntos urgentes, tan propios en el mundo que él dominaba.

–Bien, Frank. Le pedí a Emilio que te trajera porque sostuvimos una reunión en la que decidimos que te hicieras cargo de un puesto clave de la organización. Te hemos puesto a prueba en casi todas las diferentes facetas del negocio, y jamás nos has fallado. Cuando te sometimos a la verdadera prueba, una ejecución, obtuviste una calificación perfecta. Ya todo el mundo sabe que si hay algún contrato importante que llevar a cabo fuera de la ciudad, se puede contar plenamente con Frank Donato.

»Pero tú te mereces algo mejor, Frank. Tienes educación, y cuentas con un buen cerebro y mucha imaginación. Ante todo, eres una persona en la que se puede confiar. Bien, Emilio ha conseguido un contrato del cual quiero que tú te encargues con el equipo de Nueva York. Es muy especial. Yo tengo un interés muy particular en que se lleve a cabo. Y luego vamos a ascenderte.

Martinelli encendió un cigarrillo y jugueteó con un sobre de papel Manila que se encontraba sobre su escritorio.

–Pensamos que eres la persona apropiada para este puesto, pero queremos que seas tú quien lo decida. ¿Te gusta el aspecto práctico de las ejecuciones que se exigen en nuestro negocio, Frank?

–Ni me agrada ni me desagrada. Es un trabajo que hay que hacer y ya está.

–Exactamente, Frank. Un encargo que se debe realizar. Porque sin disciplina se desmoronaría nuestra organización. La propia gente nos robaría hasta los calcetines desde dentro, y los de fuera tomarían las riendas. Pero somos hombres de negocios, Frank, no criminales. Y tal como funciona este mundo, la ley bien puede legalizar lo que ahora denomina vicio y lo que la Iglesia llama pecado.

Le dedicó una franca sonrisa.

–Mientras tanto, hemos escogido este puesto para ti. Serás una especie de enderezador de entuertos. Acudirás a un territorio que nos está causando problemas, y te encargarás de poner orden. Podarás todas las ramas muertas, cortarás algunas cabezas y lo reorganizarás todo. También te ocuparás de las ejecuciones. Todo eso estará a tu cargo. Te vamos a dar la oportunidad de hacerlo. Y si lo logras, y de eso estoy seguro, Frank, te supondrá cien mil al año, para empezar.

Martinelli volvió a acomodarse en su sillón.

–¿Cómo lo ves, muchacho?

–Sin conocer los detalles, no podría darle una respuesta sensata, señor Martinelli, pero, en principio, parece el tipo de trabajo para el que estoy mejor preparado, la reorganización, con poder para efectuar los cambios necesarios.

–En tal caso, trato hecho –afirmó Martinelli, levantándose en actitud de despedida–. Quiero que el trabajo de Nueva York se lleve a cabo sin que haya polvareda, sin dejar cabos sueltos. Es de extrema importancia para mí, Frank. Y por eso mismo has sido el elegido. Tiene que ser una tarea impecable. Todos deben entender el mensaje y saber quién se lo manda. Pero nunca deberán ser capaces de probarlo. ¿Comprendido?

–Sí, señor. Perfectamente.

–Muy bien, ve a verme cuando esté acabado –dijo sonriendo, y dio la vuelta al escritorio para saludar a Frank con unas palmadas en el hombro–. Y ahora te dejo con Emilio –miró su reloj de nuevo–: Tengo una cita para jugar al golf con uno de los altos cargos del ayuntamiento y se me está haciendo tarde. Así que buenos días, caballeros.

Tras entregar a Emilio el sobre de papel Manila que tenía en la mesa escritorio, salió de la habitación.

Emilio abrió el sobre y le pasó su contenido a Frank. Había un folio escrito a máquina, con una fotografía de 20 × 25 centímetros. El asesino a sueldo la estudió.

Aparecía en la foto una bella mujer, joven, de pelo negro corto, saliendo de un taxi. Un portero, con un espléndido uniforme, la ayudaba a bajar. La fotografía estaba tomada oblicuamente, desde arriba, por lo que Frank dedujo que se había hecho con un teleobjetivo. La cabeza de la chica estaba levantada, de forma que casi miraba directamente a la cámara.

–Esta hembra de Nueva York es una presa importante –le informó Emilio–. Vince le tiene tantas ganas que casi se le cae la baba. Quiere que todo marche como un reloj, porque hay un montón de dinero invertido en la operación de la costa Este. El papaíto de la chica es un tipo poderoso de la ciudad. El equipo de Nueva York le colocó donde está. Les prometió cosas y le apoyaron con muchísima plata. Pero luego, sin avisar, les escupió en la cara. Empezó a presionar y los negocios se paralizaron de golpe. Alegó que se debía a la presión de los de arriba; pero sabemos que es una maniobra política. Pretende obtener un puesto más alto en las elecciones. El equipo de Nueva York le dio bastante tiempo para que organizara las cosas; sin embargo, ahora habrá que detenerles si no queremos perder el control del Este.

–Tienen miedo de eliminar a ese tipo, así que se cargan a la hija –comentó Frank.

–Sí, porque, con un personaje como éste, la publicidad podría provocar una avalancha que acabaría dejando enterrada la operación durante años. Así que usamos la puerta de atrás, y le pegamos donde más le duele. La esposa murió, y lo único que le queda es la chica. Ella es para él lo que llaman una obsesión.

–Vale –asintió Frank–. Yo me encargaré de todo.

–Tómate tu tiempo, pero no falles. Está divorciada, vive sola y desempeña un trabajo fácil en una compañía de cosméticos.

El asesino a sueldo estudió la fotografía durante otro minuto. Luego, mientras Emilio se sentaba atrincherado tras el periódico, leyó la información escrita en la hoja adjunta. Finalmente, hizo alguna anotación breve, en lenguaje cifrado, al dorso de una tarjeta que sacó de su cartera.

–Vamos. Te llevaré al aeropuerto –se ofreció Emilio cuando Frank se levantó y le devolvió los papeles.

No había dejado de llover en Nueva York desde que él

había llegado. El cielo estaba de color gris oscuro, y se sentía próxima la noche. Producía un efecto fantasmagórico sobre las luces encendidas en las sombrías torres de la ciudad. Los peatones avanzaban inclinados y con prisa, y el tránsito de los vehículos atestaba las calles debido a los embotellamientos. Había un ruido ensordecedor, debido a los insistentes bocinazos. Parecía como si la bóveda de nubes plomizas ahogara la vida de la ciudad.

Eran casi las cinco y media, la hora punta, y Frank Donato aguardaba en uno de esos escondites o casas de seguridad, esos lugares adonde acuden oscuras personas, y donde se depositan muchos objetos extraños. También allí se efectuaba el intercambio de las más enigmáticas informaciones. El pequeño apartamento amueblado se hallaba en un edificio sucio, color gris, de la calle 54 Oeste. Desde la ventana del tercer piso se podía ver el paisaje urbano, desagradable y húmedo, de una calle estrecha y agobiante, abarrotada de edificios.

Frank permanecía sentado detrás del escritorio que ocupaba en una esquina del cuarto de estar. Se sacó una cadena de llaves del bolsillo. Abrió la cerradura del cajón inferior, sacó un maletín de cuero negro, lo colocó sobre la mesa y lo abrió. En su interior se encontraban las herramientas de su oficio. Había un revólver del 38, de cañón corto, metido en su funda, y una caja de balas. No solía llevar armas entre sus trabajos y tampoco regresaría con ellas cuando acabase el contrato.

También había un minúsculo cepillo y una pequeña botella, que contenía un líquido transparente para untarse en las puntas de los dedos. La sustancia se secaba y se endurecía pronto, y así borraba las huellas digitales.

Se añadía una pieza especial al conjunto: una llave, que abría la puerta de la víctima. Generalmente, Frank tenía que utilizar dispositivos para abrir cerrojos, pero aquél era un verdadero lujo, el último grito en cuanto a su sencillez.

Se metió la llave en el bolsillo y examinó detalladamente el revólver del 38. Luego lo cargó, volvió a meterlo en la funda y guardó el maletín de cuero dentro del cajón del escritorio.

El equipo de Nueva York no le había suministrado un contacto para aquel trabajo. En el aeropuerto, Emilio le comunicó a Frank que se consideraba tan esencial el secreto, que lo iba a tener que realizar por su cuenta, sin ayuda. Luego le había entregado un sobre que contenía el dinero para el contrato, enviado por adelantado por la jefatura de Nueva York.

Cuando Frank contó los billetes, comprobó que le habían pagado el doble de lo normal.

Obviamente, aquellos encargos los podían hacer los profesionales de la ciudad, pero jamás los realizaban. Siguiendo la tradición, se importaban talentos, ya que se consideraba que los de la localidad eran conocidos por la policía, que los tendría bajo vigilancia. Además, se sabía que Frank era uno de los mejores de todo el país, ya que se había divertido aprendiendo que, al igual que la bebida servía para las ocasiones importantes, encargos como aquél le merecían el mayor de los respetos.

El blanco era esta mujer, identificada como Gloria Whimbley. Al menos, ése era su nombre de casada, que había conservado después del divorcio.

Frank contaba con su número de teléfono. A partir de las seis, empezó a llamarla cada pocos minutos, pensando que ya habría regresado a casa después de realizar todos los encargos de su empleo, que seguramente hacía más por diversión que por dinero. Quería asegurarse, simulando que se había confundido de número, antes de ir allí.

Al no recibir respuesta por quinta vez, Frank se irritó y se puso nervioso. Para él, aquello suponía un contratiempo molesto. Solía reaccionar con una fría determinación. Y trató de explicárselo a sí mismo. Quizá, pensó, se debía a que era el último trabajo, y estaba impaciente por terminarlo, para ascender en el escalafón que le concederían como premio, con todo el poder y el gozo de gastar dinero a raudales.

Sí, en parte estaba nervioso por eso, pero había algo más. Nunca había matado a una mujer; desde el principio, cuando Emilio le eligió para eliminar a la de cabellos oscuros, que además era joven y bella, se había preguntado, aunque sólo fuera por un momento, si lo podría llevar a cabo con su acostumbrada indiferencia.

No era una cosa que pudiera contarle a Emilio, pues parecía considerarle a él como una especie de proyectil dirigido simplemente contra cualquier blanco. Así que borró el tema de su mente, como hacía con todos los asuntos intangibles y las incertidumbres, confiando en su capacidad para arreglárselas, llegado el momento de la verdad.

En aquel instante, en la etapa final de su compromiso, todavía le sobraba la incómoda sensación de la duda, por pequeña que fuera. Así sintió repentinamente la necesidad de apresurarse, para que la propia acción borrase tales pensamientos.

Volvió a marcar el número. Ella contestó al cuarto timbrazo, un poco sin aliento, como si hubiera acudido a contestar desde fuera del apartamento. Frank preguntó por «Walter», y naturalmente ella le dijo que se había equivocado. Aunque no pareció enojada y su voz denotó que tenía buen carácter.

—Perdón —respondió él, y colgó el aparato.

Con la urgencia que le atosigaba, se untó rápidamente los dedos con el producto que contenía la botellita. Luego, llevando el arma enfundada, se arregló la corbata y se puso una gabardina. Casi nunca llevaba sombrero y no había traído ninguno; pero no importaba. Salió a la calle.

Desconfiaba de los taxis, o más bien de sus conductores, porque podrían recordarle. Así que anduvo por un par de aceras y tomó el autobús que iba hacia la parte alta de la ciudad; y luego, otro más para cruzar la isla hasta la Quinta Avenida y Central Park.

Se trataba de una buena casa, en uno de esos edificios distinguidos de la zona adinerada. Una larga marquesina de lona verde bosque llevaba escrita la dirección con letras de oro. El portero uniformado estaba justo detrás de la doble puerta de cristal, como Frank advirtió al pasar. Debía evitar escrupulosamente a estos personajes, ya que examinaban los rostros, hacían preguntas y llamaban a los inquilinos para anunciar la llegada de los visitantes.

Con frecuencia había un garaje subterráneo por el que

se podía entrar sin ser observado. Para asegurarse, Frank dio la vuelta a la esquina. Garaje, sí; pasar inadvertido no. También había un vigilante en la entrada.

Se detuvo al lado de un banco empapado en la misma parada de autobuses. Había otras dos personas examinando distraídamente lo que pasaba en la avenida. Él se entretuvo mientras esperaba bajo la lluvia, que en aquel instante ya sólo era una ligera llovizna.

Un autobús lleno pasó de largo, sin compasión. Luego, un taxi se aproximó al edificio de Gloria Whimbley. Y bastante antes de que el conductor frenara para que se bajara el pasajero, Frank ya se encontraba en camino.

Como era de esperar, el portero se apresuró hasta el taxi con un paraguas abierto en la mano, circunstancia que él aprovechó para entrar rápidamente, pasando inadvertido, según sus cálculos.

Encontró dos ascensores, uno de los cuales estaba abierto y en la planta baja. Entró deprisa y pulsó el botón del piso 14.

El pasillo de aquel piso, alfombrado en tonos de oro viejo y decorado con paneles de brocado de un color dorado más intenso, permanecía desierto. La puerta del 14D quedaba a la vuelta de una esquina, por lo que no se podía ver desde los ascensores. Pegó el oído a la puerta y escuchó con atención. Solamente se percibía el sonido de una música lejana y tenue.

Miró hacia los lados del pasillo, desenfundó el revólver y sacó la llave del bolsillo. La puerta se abrió con suavidad. La cerró tras de sí.

La música de alguna balada lacrimógena le llegaba desde el fondo del apartamento. Frank caminó por un estrecho pasillo que daba a un cuarto de estar en desnivel. Encontró una estancia oval alfombrada en blanco, que tenía un gran sofá en forma de semicírculo, unos sillones muy mullidos y unas mesas de aspecto recio. Todo muy elegante, pero no demasiado femenino.

Se le ocurrió que aquellos muebles eran probablemente los restos de un matrimonio fracasado, pero su mente andaba más ocupada en calcular los problemas del momento. De pronto, alzó su revólver y avanzó hacia donde apuntaba.

Atravesó el cuarto de estar sin importarle mucho que se le pudiera oír en medio de la música de fondo, que aparentemente surgía de un altavoz incrustado en la pared. Si ella le descubría, no tendría dónde esconderse. Además, ¿qué podría hacer? ¿Gritar? Bueno, pero después... ¡adiós, Gloria, adiós!

En todo caso, quería hacerlo con rapidez, terminar cuanto antes el trabajito.

No la encontró en el cuarto de estar, así que siguió avanzando por otro pequeño pasillo. Apenas había dado unos pasos, cuando se topó con una puerta a medio abrir. Escuchó una voz de mujer y se detuvo.

La chica ocupaba un pequeño y agradable cuarto de trabajo; apoyada en un escritorio, estaba hablando por teléfono. Mostraba, con su forma de apoyarse, una actitud de tener prisa, como si le urgiera acabar la conversación.

También miraba hacia la puerta, pero sus ojos no vieron a Frank. De inmediato, éste se dio cuenta de que alguien había metido la pata; habían cometido un gran error. Aquella rubia de tono maíz tierno, sedosa melena de pelo largo y senos prominentes *no* era la chica de la fotografía. Pues su víctima tenía pelo negro y corto, busto poco desarrollado, facciones mucho más grandes y menos delicadas.

Emilio no podía haber cometido un error semejante. Pero, realmente, no era más que una especie de agente para el equipo de Nueva York. Y el contrato era de ellos y estaba bajo su control. La chica podría ser simplemente una visita. Y pensando en esto, Frank decidió retroceder de puntillas para asegurarse de las personas que había en el apartamento.

Allí sólo había un dormitorio con una gran cama muy bien hecha. No encontró indicios de que viviera alguien en la habitación, ni útiles de aseo en el baño contiguo.

Frank decidió retirarse, retroceder hasta que pudiera hablar con Emilio para preguntarle qué demonios había pasado allí.

Salió de la habitación e inició una cautelosa huida por

el pasillo. En aquel mismo instante, la rubia salió del cuarto de trabajo y caminó en su dirección. Se quedó boquiabierta y se detuvo, clavada en el sitio... Le recordó a Frank la imagen de una gacela temblorosa a punto de salir huyendo: intensamente bella, blanda y vulnerable.

Con la voz apagada por el terror, ella preguntó:

–¿Qué hace usted...? ¿Quién es usted?

–No –dijo él sacudiendo negativamente la cabeza–. ¿Quién eres tú? Ésa es la pregunta, cariño.

Pero ella no respondió, y él se acercó sujetando el revólver débilmente en la mano. Le indicó con un gesto que volviese a entrar al cuarto de trabajo, y le ordenó que tomara asiento. Frank se quedó de pie frente a ella y le apuntó con el arma directamente a la cabeza.

–Vamos, ¿cómo te llamas, amor?

–Yo... yo soy Nicky Gillmore –respondió sumisa.

El asesino a sueldo asintió con un movimiento de cabeza y apretó los labios.

–¡Ah, no me digas! Nicky Gillmore. ¿Y qué pasó con Gloria?

–¡Gloria!

–Gloria –repitió él–. Y no te lo voy a preguntar dos veces.

–Bueno, ella... yo voy a ocupar su apartamento durante unos días.

–Malas noticias, Nicky, para ti. A menos que descuelgues ese teléfono y la convenzas de que venga.

–No. No puedo hacer eso.

–¿Cómo?

–Está de vacaciones y no sé dónde ha ido.

–Seguro que sí lo sabes. Y cuéntamelo todo. ¿Verdad que lo harás, Nicky?

–Bueno, está en California. Se ha quedado en mi casa de Santa Mónica. Tiene amigos allí y yo otros aquí. Así que hemos intercambiado los apartamentos durante las dos semanas de vacaciones. Hicimos un trato.

Ella miraba fijamente el revólver, inclinando la cabeza para alejarlo de su mente mientras se hundía en la silla.

–Por favor –dijo con una sonrisa nerviosa–, ¿no podría

quitarme esa cosa de encima? No soy más que una chica y no estoy en condiciones de... desarmarle ni nada de eso.

–¿Y cuándo se fue a California? –preguntó él–. Hablo de Gloria Whimbley.

–Debe haber salido muy temprano esta mañana. No lo sé exactamente, porque ya se había ido cuando yo llegué. Pero el avión tenía prevista su llegada a Los Ángeles a las nueve treinta y cinco de la mañana, hora de allá.

Frank se puso el revólver bajo el cinturón. Cruzó hasta el escritorio y posó una mano sobre el teléfono.

–Así que Santa Mónica, ¿eh? ¿Qué dirección tienes allí?

–Avenida del Océano, ochocientos cuarenta y dos.

–Y el teléfono está a tu nombre, ¿verdad?

–Sí. A nombre de Nicole Gillmore.

–¿Cuál es la clave de zona?

–Ah, dos-uno-tres.

Sin dejar de observarla, Frank marcó el 213 y, luego, el número de información, para conseguir una llamada de larga distancia. Ella no le había mentido. La operadora le dio el número. Sacó un bolígrafo del bote que estaba sobre el escritorio y lo apuntó en un calendario.

–Hasta ahora todo va bien –le dijo–. Ahora, Nicky, vamos a hacerle a Gloria una pequeña llamada muy amistosa. Simplemente para saber cómo se lo está pasando allí, ¿de acuerdo? Tú hablarás con ella, y yo te estaré escuchando. Así que cuidado con lo que dices.

Nicole asintió con un movimiento de cabeza y marcó el número. No hubo respuesta. El pistolero dejó que sonara diez veces y, después, cortó. Con los brazos cruzados sobre el pecho, se sentó en el borde del escritorio y la observó en silencio mientras reflexionaba sobre el problema.

Ella llevaba una blusa blanca, muy escotada, y una minifalda. Le pareció un vestido elegante; supuso que tendría alguna cita aquella noche. Tenía unas piernas maravillosas y una atractiva figura, pero era el rostro lo que más le intrigaba. Era tan frágil, tan delicadamente femenino... En conjunto, parecía el prototipo de mujer que él siempre había soñado, una mezcla de todas sus vagas elucubraciones.

–Oiga, pero... –dijo ella ante su silencio–. Tiene que

comprender que en la costa Oeste son tres horas más temprano que aquí. Allí todavía es por la noche. Y... Gloria probablemente todavía se encuentre en la playa.

Arrancó la hoja del calendario de escritorio, la dobló y se la guardó en el bolsillo.

—Volveremos a llamar, Nicky. Seguiremos intentándolo, ¿verdad que sí?

—Sí, haré todo lo que diga —repuso ella—. Y luego, ¿qué? Quiero decir, una vez que haya comprobado que ella realmente está allá, ¿qué va a hacer usted?

—¿Lo duda? Subirme en el próximo avión que vaya a California.

Su apretada sonrisa provocó la siguiente pregunta:

—¿Por qué? ¿Usted desea matar a Gloria? Por lo que veo, ni siquiera la conoce.

—¿Es que dije yo que iba a hacerlo?

—No era necesario que lo dijera.

—Olvídalo, muñeca. Es algo que no corresponde a tu mundo. No lo entenderías.

Movió la cabeza y sus mechones rubios rozaron los hombros de él.

—No, claro que no. Eso es cierto.

Estaba a punto de soltar las lágrimas.

—¿Puedo levantarme para caminar un poco? Es que estoy un poco nerviosa, ¿sabe? —pidió con una débil sonrisa.

—Adelante.

Se acercó a una ventana manchada por las gotas de lluvia, se quedó mirando pensativa hacia la oscuridad durante unos instantes y luego se volvió hacia él.

—No. No puedo comprender la muerte de ningún ser humano —afirmó rotundamente, destacando con valentía su pequeña barbilla—. En especial, este tipo de asesinato, a sangre fría.

El pistolero soltó una risa y dijo:

—La voz femenina del universo de la riqueza abraza la cursi religión de la dulzura y la luz: ¡buena voluntad para todos los hombres! Ustedes son realmente ingenuos.

—Quizá —replicó ella, colocándose frente a él con la mirada fija en sus ojos—. Pero, por lo menos, tenemos un corazón y un alma. ¿Usted podría decir lo mismo? ¿Qué le falta en su interior? ¿Es que nunca ha sentido amor? ¿Jamás le ha ofrecido nadie su afecto? –le preguntó tocándole con timidez una mejilla.

Frank permaneció inmóvil e inexpresivo, paralizado por el roce de la mano femenina, bajo los efectos de la sutil fragancia, y por la proximidad de aquella boca, tierna y trémula, a la suya propia...

De pronto, se dejó oír un sonido en el interior, el timbrazo insistente del telefonillo de la puerta principal.

El pistolero se dirigió a la entrada. El sonido se volvió a escuchar en la sala de estar.

–¿Qué significa eso? –preguntó bruscamente.

–Debe de ser mi acompañante –respondió ella–. El portero está llamando para avisarme de que se encuentra abajo. Vamos a cenar juntos.

–Y al no contestar tú, ¿qué hará?

–¿Mi acompañante? No lo sé –replicó encogiéndose de hombros.

–Claro que sí lo sabes. Piénsalo. ¡Dime la verdad!

–Bueno, si el portero le deja pasar, subirá y llamará a la puerta. Si no, yo creo que se irá.

Volvieron a escucharse los timbrazos, en aquel momento con mayor insistencia.

–Se irá. Así, sin más. ¿De verdad lo crees?

–No, se preocupará por mí. Pensará que pasa algo malo. Tratará de hacer algo... Aunque ignoro qué puede hacer.

–Pero es todo un caballero, así que no armará un gran lío. ¿Me equivoco, Nicky?

–No. Me imagino que llamará por teléfono antes de...

–Vale. Pues espero por tu vida que sea un buen chico porque, si no... Bueno, esperaremos a ver qué pasa. Ocurra lo que ocurra, es mejor que empieces a pensar una buena excusa para zafarnos de él.

Los timbrazos cesaron, y los dos se quedaron sentados, uno frente al otro, en sendos sillones. Luego, ella preguntó sorpresivamente:

–¿Cuál es su nombre?

–¿Mi nombre? –le hizo gracia y se rió brevemente–.

Las personas como yo, que carezco de corazón y de alma, tampoco tenemos nombre. Pero si lo necesitas, escoge uno... el que se te antoje.

Ella reflexionó un momento.

—¿Roger? —aventuró.

—¡Roger! ¡Eh! —exclamó entre risas, sacudiendo la cabeza—. ¡Roger! No está mal.

—Bueno, en mi vida he conocido a nadie llamado Roger, y usted no se parece a ninguno de mis amigos.

—¡Ah, seguro que no! ¡Eso te lo aseguro!

—Sí; pero creo que es usted muy interesante.

—Un espécimen muy interesante, muñeca. ¿Es lo que quieres decir? Utilizo tu tipo de lenguaje.

—No, en absoluto. Perdone si le he parecido condescendiente. Además, demuestra que es usted sensible. No, lo que he querido decir es que usted posee un extraño magnetismo, una cualidad cruel y dispuesta a saltar que, en cierto sentido, me atrae, por no decirlo con palabras menos amables.

—Tienes la labia de una gatita, ¿verdad? No trates de engatusarme, Nicky. Ni las mejores me han tomado el pelo.

Fue una respuesta automática. Presentía que ella no trataba de engatusarle realmente, acaso exageraba un poquito...

—Por lo que veo, es difícil que nos entendamos —dijo ella.

—Quizá en otro lugar y en otro tiempo. En otro mundo, ¿no?

—Bueno, por lo menos dígame lo que me va a hacer. Yo no se quién es usted, ni de dónde viene. Y en lo que me concierne hasta ahora, me haré a la idea de que usted no ha estado aquí. Así que, ¿por qué no me deja ir, eh?

—Claro, te voy a dejar marchar —dijo él asintiendo rápidamente con la cabeza.

—¿Qué más podría hacer conmigo? ¿Atarme? ¿Matarme?

No respondió, porque no tenía ninguna respuesta. Estaba claro que no deseaba asesinarla. Acaso hubiera sido más sencillo si se encontrase ante Gloria Whimbley, pues él habría entrado para matarla de un balazo sin que mediara palabra entre ellos. Pero, en aquellos momentos, había surgido un contacto distinto, una comunicación, como Nicky decía, aunque fuera impulsada por las circunstancias.

Para el pistolero se había convertido en una cálida personalidad femenina y, a su manera, había sabido cómo tocarle en su interior. Además, el poder de atracción que ejercía como mujer resultaba avasallador y le estaba desviando de su cometido. Le empezaba a consumir la voluntad.

Por otra parte, en su oficio se consideraba un asunto que no se podía tomar a broma el hecho de matar testigos inocentes, debido a que, cuando se corría el riesgo de quedar tan expuestos, no se podía cuestionar tal decisión. No, la suerte ya estaba echada porque, ante todo, estaba el trabajo y, especialmente, el escudo de protección de todo profesional.

No cabían excusas. Se mirara como se mirara, Nicky suponía un obstáculo para su trabajo y una amenaza para la organización, por no pensar en su propia persona. Sí, debía eliminarla. Y, no obstante...

–Supongo –estaba diciendo la chica– que su silencio significa que me va a matar. ¿Es lo que usted pretende? –preguntó a punto de volver a sollozar.

–No –replicó él–. Nada importa lo que yo quiera hacer. Pero en esto no manda mi voluntad.

En aquel momento sonó el teléfono.

–Debe de ser tu acompañante, Nicky. Quítatelo de encima y hazlo bien, ¿me oyes?

Lo hizo. Le dijo a la persona que llamaba que no había oído el timbre porque estaba en la ducha. Añadió que se había sentido fatal durante todo el día, y que no podía retener nada en el estómago. Quizá se debiera al vuelo tan largo, durante el cual se había mareado... ¿Y no le molestaría que lo dejaran para otra ocasión?

–Mientes como una profesional –reconoció Frank cuando ella colgó el teléfono–. Hubieras convencido a cualquiera menos a mí. Yo te hubiera preguntado a qué hora te ibas a encontrar con el otro tipo, para ir en su busca y darle un puñetazo.

Se rió con ganas. Pero había permanecido quieto a su lado para quitarle el teléfono si fuera preciso. Y ella le sujetó torpemente de la mano. La apretó entre las suyas, electrificándole con sus dedos. Después empezó a sollozar.

—¡Ay, por favor! —rogó con voz entrecortada—. Déjeme ir, no lo diré nunca... ¡Será un secreto para toda mi vida!

—¿Toda tu vida? —preguntó él con una amarga sonrisa—. ¿Lo juras? Chica, ya no eres una niña. ¿Pretendes que me lo crea?

—¡Inténtelo! —le pidió Nicky, limpiándose las lágrimas del rostro—. ¿Es tan difícil creerle a alguien como yo?

—Pues sí. Pero dime una cosa, Nicky. Si yo te dejara ir, ¿cómo lo haríamos? Formo parte de un grupo muy cruel. No se andan con bromas. Así que tendré que encargarme de Gloria, tu pequeña amiga. Pero eso a ti no te importará, ¿verdad? Te olvidarás de ponerla sobre aviso y no dirás nada a la policía. ¿A que eso jamás se te podría ocurrir?

Los ojos de ella evitaron encontrarse con los del pistolero.

—Supongo que eso es imposible. No puedo honestamente decirle que sería capaz de traicionar a Gloria... ¡Jamás permitiría que le sucediera algo así!

—¡Epa, ahora sí que nos estamos comunicando! Incluso te creo.

—Pero, si no le hace usted daño, si se marcha simplemente y hace creer a sus jefes que no la ha podido localizar, ¡entonces le daré mi palabra de honor! Usted no vino aquí en su busca, ¡usted no ha existido!

—No sabes lo que estás diciendo, muchachita. ¡Es imposible que comprendas el alcance de lo que me estás pidiendo!

Frank se quedó sentado detrás del escritorio, encendió un cigarrillo y reflexionó sobre lo que acababan de hablar, respecto a la barbaridad que aquello representaba. Dado su historial, la organización podría muy bien tragarse un cuento bien planteado, y él devolvería el dinero del contrato; pero habría fracasado en el más importante de sus encargos, y de eso no se olvidarían jamás. Luego, encontrarían alguna razón para posponer su ascenso, su avance en el escalafón del hampa. Posiblemente ya no le encargarían ningún tipo de trabajo, y se vería obligado a seguir con la misma rutina, una especie de superbasurero para la organización, respetado a regañadientes si es que no llegaban a tratarle con un frío desprecio.

Se irían para no volver jamás los cien mil dólares al año y las demás bicocas. Perdería el poder y su posición. Y si alguna vez llegaran a enterarse, ¡adiós, Frank Donato!

–Si piensa hacer alguna cosa decente en su vida, aproveche esta oportunidad –le estaba diciendo ella.

En aquel momento, el pistolero se convenció. En realidad, se percató de ello cuando Nicky le tocó la mejilla con su mano.

–Quizá en estos momentos no pueda usted valorar el beneficio que obtendría –continuó ella con más confianza, después de estudiar intensamente su expresión–. Pero le abrirá un mundo nuevo y le devolverá lo que usted ha perdido en el camino.

–Veamos la forma de llevarlo a cabo –dijo él pensando en voz alta–. Les echaría toda la culpa, haría que el error fuera totalmente de ellos, no mío. Les diría que me colé aquí dentro y te encontré charlando por teléfono. Pero no se trataba de la chica que me habían dicho, ya que no te pareces a ella en nada. Tú no me llegaste a ver, así que retrocedí y me esfumé. No pude encontrar a la persona que me interesaba en el apartamento de Gloria Whimbley.

Se levantó de la silla.

–Tarde o temprano la eliminarán, así que tienes que advertirle del peligro que corre. Dile que recibiste una amenaza, por teléfono, de alguien que creía que tú eras Gloria. Debe bastar. Pero, aparte de esto, tienes que cerrar el pico sobre todo lo demás, muñeca. O iré en tu busca, ¿me comprendes?

–¡Ay, sí, sí, gracias! –exclamó, dejándose caer sobre él, con todo el cuerpo temblando–. ¿Quién eres? ¿Quién te envió? –le preguntó con voz sensual.

–Jamás te lo diré –le contestó–. De ninguna manera, muñeca. Escucha, ¿iba en serio lo que decías de que yo te atraía? ¿Y lo de mi oscuro magnetismo?

Ella asintió cautelosamente con la cabeza.

–Sí, sí. Claro que lo decía en serio.

–Entonces, demuéstramelo –le dijo.

Porque, aun en aquellas circunstancias, era incapaz de romper su norma, y no sabía dar nada sin recibir alguna cosa a cambio.

Ella levantó la cabeza para contemplar su rostro y su expresión fue lentamente cambiando de la decepción a la resignación.

–Bueno, de acuerdo –aceptó en voz muy baja, y con timidez le tomó de la mano para guiarle al dormitorio.

Mucho después, a alguna hora de la noche, medio dormido, él sintió que ella se levantaba con cautela. Permaneció totalmente inmóvil, observándola. Nicky se vistió rápidamente y luego se dirigió furtivamente hasta la puerta. Tras permanecer un rato cerca de allí, regresó.

Se quedó observándole en la penumbra de la habitación; después dio unos pasos sigilosos hacia la ropa que Frank había dejado amontonada sobre una silla.

Con verdadero asombro y un profundo sentimiento de pérdida, abandonando una emoción poco conocida, pero no por eso menos dulce, vio cómo ella sacaba el revólver de la funda. Avanzando con el arma, con sagacidad felina, lo asió con firmeza, apuntó con todo cuidado a su cabeza y apretó el gatillo una y otra vez... Sólo se escuchó el sonido del percutor que golpeaba en el vacío.

El pistolero buscó el interruptor de la luz eléctrica y encendió la lámpara de la mesa. Luego saltó de la cama, se abalanzó sobre ella y le arrebató el revólver de la mano.

–Yo... yo no he podido irme –sollozó la chica–. La puerta estaba cerrada y estaba tan asustada, porque creí que tú cambiarías de parecer. Por eso... lo hice. Es la *única* razón. ¡Ay!... Créeme, ¿confías en mí?

–Claro, claro que sí, muñeca –le contestó, al mismo tiempo que metía la mano debajo de la almohada y sacaba un puñado de balas–. Y tú debes creerme a *mí*, muñeca. La única razón que me impulsó a esconder estas cositas es una costumbre mía, ¿sabes? Para no facilitarle a nadie un arma cargada que se pueda disparar... de forma accidental, sin duda.

Desmontó el arma y empezó a llenar la recámara ante la mirada horrorizada de la muchacha.

–Y bien, en cuanto a la puerta –continuó diciendo él con parsimonia–, la obstruí con esta pequeña cuña de acero que siempre llevo encima. Es muy útil porque no se puede ver en la oscuridad, y es imposible sacarla a menos que se sepa el truquito. Así que mientras te ibas al cuarto de baño, lo preparé en un momentito. No es nada personal, ¿sabes? Lo que me indujo a esconder las balas fue esa vieja costumbre. En el mundo de *mis* negocios no se pierde jamás la compostura de una forma total –le explicó mientras se acercaba a ella y alzaba el arma en su dirección–. Ni siquiera cuando, por primera vez en tu vida, te dejas engañar como un idiota por quien no resulta ser más que una mujerzuela... Pues, aunque no te lo creas, Nicky, cosita mía, realmente estaba dispuesto a jugarme el pellejo dejando que te marcharas.

En aquel momento disparó una sola vez. Y le atravesó la cabeza limpiamente con la bala. Cuando cayó al suelo hecha una masa sanguinolenta, el pistolero se acercó para examinarla cuidadosamente, sin emoción alguna, sólo para cerciorarse de que estaba realmente muerta.

Salió del edificio por el garaje subterráneo. El vigilante ya había finalizado su turno, o quizá dormía en la parte trasera de algún automóvil. Seguía lloviendo y corrió hasta la parada del autobús, sin sentir ni tristeza ni felicidad, sino más bien cierta satisfacción, un descanso.

Durante unos momentos había perdido una parte de su ser, que era la clave de su éxito y sin la cual jamás habría podido seguir funcionando; pero, en aquel instante, ya se había recuperado. Y al subir al autobús, decidió que llamaría a Emilio por la mañana para contarle todo lo sucedido, eliminando algunos detalles innecesarios. Le diría que los chicos de Nueva York habían metido la pata, obligándole a matar a alguien en quien no se había pensado, para proteger el sistema; pero que había salvado la situación al descubrir el paradero del objetivo original. Y que tomaría el siguiente vuelo a Los Ángeles.

Con estos fríos pensamientos, toda la loca noche que había pasado se le borró de la memoria y súbitamente sintió un hambre atroz.

ÍNDICE

INTRODUCCIÓN *(Alfred Hitchcock)* 5

TIEMPO MUERTO 9

Dinero llama dinero *(Douglas Farr)* 11
Término medio *(William Brittain)* 23
Entre las cuatro *(Jack Ritchie)* 29
La chica de oro *(Jonathan Craig)* 41
El reloj de más *(Frank Sisk)* 71
Una vistoria familiar *(Elijah Ellis)* 83
Un jurado formado por una sola persona
(Talmage Powell) 95
El factor común *(Richard Deming)* 103
Giro a la derecha *(James Holding)* 129
Ganar un espacio *(Richard Hardwick)* 139
Un toque maestro *(Helen Nielsen)* 149
Su hermano Baxter *(Theodore Mathieson)* 165
Un asesino en las sombras *(Robert E. Alter)* 171
Una muerte importante *(Robert Colby)* 187